Le cimetière des éléphants

I0547768

Isabelle Bouvier

ISBN : 9782954341651

This book is dedicated to the Brave Men and Women of our Armed Forces. Thank you for your courage, honor, and service. You're what makes America great.

Table des matières

SABLES

Le vieillard blanchâtre s'agitait dans le lit. Ses yeux écarquillés regardaient droit devant lui, fixant un paysage que seul son esprit malade pouvait voir.

L'homme en blouse blanche vint s'asseoir auprès de lui et parcourut son dossier médical. Il lut en bas de page que le vieillard avait été trouvé par les pompiers, couché à même le sol au beau milieu de son salon. Dans ses mains, il tenait un carnet épais, qu'il refusait de lâcher. Il le serrait contre lui si fort, que les jointures de ses doigts étaient devenues blanches. Comme des serres d'oiseau de proie, cette main repliée avidement sur le vieil objet avait laissé une empreinte sur la couverture.

Le médecin trouva le carnet posé sur la table de nuit du vieil homme. Poussé par sa curiosité naturelle de scientifique, il le prit, l'ouvrit et se mit à lire.

Ce carnet était en somme un journal intime, un journal de bord où le malade avait couché les événements marquants de sa vie.

Sans savoir pourquoi, le docteur commença sa lecture par la fin ; probablement dans le but de comprendre l'état de santé de son patient.

Avril 2002

« Je me sens fatigué ces derniers temps, je tourne en rond dans la maison sans savoir que faire. La télé me fatigue, ils ne parlent que de catastrophes ! La femme qui vient nettoyer la maison me dit que je suis trop sensible.

Je crois que je vais retourner voir le médecin, j'ai toujours mal au pied... »

Le docteur feuilleta le carnet à la recherche de nouveaux indices sur l'état de santé de son malade. Il remonta le cours du temps.

Juin 1990

« Martine est morte, voilà une semaine. Je n'aurai jamais pensé qu'elle partirait la première, elle était si solide. La nuit, je me réveille, je tâte le matelas à côté de moi, je la cherche, j'ai l'impression qu'elle est encore là, mais le drap est glacé, et je me rends compte que je suis seul, que c'est bien vrai, elle est partie pour de bon. Pourtant, je crois à chaque fois entendre son souffle, je me demande si je ne vais pas finir dingue... »

Juillet 1985

«grands-parents ! Martine est ravie d'avoir une petite-fille. Moi, je suis un peu déçu, je l'avoue. Un garçon, j'aurai pu jouer avec lui au ballon, bricoler des trucs, aller à la pêche mais une fille... Ce sera pour une prochaine fois.

De voir cette naissance, cela me fait penser à celle de notre fils, des fois je crois que c'était hier, mais des fois aussi, j'ai l'impression que c'était dans une autre vie. On a été heureux quand même quand il est né, dommage que les enfants grandissent, ils ouvrent les yeux et hop ! Le temps file et déjà, ils sont loin, à faire eux aussi, des gamins. »

Janvier 1980

« Il s'est marié, et oui, mon grand s'est marié ! Martine était bien habillée, avec cette robe bleue, on aurait dit une princesse. J'espère qu'il a bien réfléchi, le mariage c'est grave comme décision. Moi, j'ai bien choisi, je ne regrette rien, pourvu que ce soit pareil pour lui.

La pièce montée était trop sucrée mais le reste du repas était très convenable, heureusement pour le prix qu'on a payé ! Quel tralala... Nous c'était plus simple, on n'avait pas les moyens, nos parents non plus. L'important, c'était que Martine soit là, que l'on soit ensemble. Je suis trop sensible des fois, j'ai failli pleurer en écrivant cette phrase ! »

Sur sa chaise inconfortable, le docteur changea de position. Il sauta des passages du carnet, tournant les feuilles doucement pour ne pas l'abîmer : La vie d'un homme, ça se respecte.

Le mariage du vieil homme, la naissance de son enfant, le décès de ses parents, ses changements d'emploi, l'achat de la maison, quelques passages sur la politique, la vie de ses contemporains...

Juin 1955

« Je garderai toujours le souvenir des bougainvillées et des palmiers, quand nous sommes arrivés au port d'Oran. Une ville blanche, immense, lumineuse, pleine de bruits et de fureur même sous cette chaleur intenable.

Le camp où je suis affecté, est à l'écart de tout être humain, à l'abri des regards, bien caché dans le sable.

Fichu sable ! Il vous rentre partout, dans les yeux, le nez, le pantalon, ça gratte, au point qu'on se sent les nerfs à fleur de peau, à moins que ce ne soit autre chose, le climat, cette chaleur qui ne nous laisse de répit qu'à la nuit tombée, mais même la nuit, on a les nerfs, à cause de la paillasse emplie de punaises, fichues bestioles ! Robert a eu idée de tremper les paillasses dans le pétrole pour tuer ces bestioles, on les a laissées sécher dehors, à l'air libre pour enlever cette odeur entêtante. Au moins y aura plus de punaises, enfin pendant un moment...»

Le docteur interrompit sa lecture pour prendre le pouls du malade, il était rapide comme un cheval au galop. Le rythme cadencé chatouilla le pouce du médecin, il retira sa main.

Le vieil homme transpirait. Cette eau malsaine émanant de lui, imprégnait sa chemise et les draps. Même l'air autour de lui était moite. Il suait comme s'il était dans le désert, sous un soleil de plomb.

Le docteur lut :

« Il fait chaud, chaud... Quand je pense que c'est seulement le mois de juillet ! J'aimerai rentrer à la maison, loin d'ici, loin de tout ça. Il faut patienter, tenir le coup, coûte que coûte. L'autre jour, ils ont amené des types en camion, des mecs qui posent des bombes où je ne sais trop quoi. Il y avait des vieux, des jeunes. Ils avaient l'air un peu ahuris de se retrouver avec nous au milieu de nul part, je les comprends... »

Une infirmière entra dans la chambre. Le médecin reposa le carnet sur la table et lui donna ses instructions : Il fallait préparer le vieil homme pour l'opération.

Celui-ci haletait, et marmonnait dans son sommeil. L'infirmière referma la porte.

Le docteur reprit sa lecture là où il l'avait laissée, pénétrant un peu plus dans l'esprit de son patient :

« Faut qu'ils parlent, y a pas d'autre solution, a dit le chef. Moi, je veux bien mais certains ne semblent rien avoir à dire. Rien.

« C'est pas grave ! » a dit le chef, « ils inventeront s'il le faut ! »
Il a rigolé bêtement, oui, bêtement. C'est difficile de se dire en
temps de guerre, qu'on est dirigé par un type qui rigole bêtement,
alors que l'on est coincé avec lui au milieu du désert avec des
pauvres types qui sont peut-être bien innocents.
Je me sens mal. Je pense à mes parents, s'ils me voyaient ! »

Le docteur quitta la page pour observer le vieil homme,
contemplant en silence, sa mine fatiguée, sa peau froissée
comme du papier crépon.

Il feuilleta le carnet et s'arrêta, l'œil attiré par un mot :
« fou »

... « On devient tous fous, je crois. Les interrogatoires ne donnent
pas beaucoup de résultat, mais on continue, on ne sait jamais. Y
a un copain, une espèce d'étudiant, qui a protesté l'autre jour, il
était révolté, c'est le mot qu'il a utilisé, révolté de voir la torture
utilisée contre de pauvres types sans défense. Je suis mal.
Le chef dit que des mecs sans défense comme ceux-là, lui
auraient tranché la gorge comme un mouton, d'autant qu'il
trouve que cet étudiant bêle comme un mouton, il rigole le chef, il
tente de mettre un peu d'ambiance, on ne peut pas lui reprocher.
Il est dans la même galère que nous, je crois... »

Le médecin, tira sur sa blouse blanche. Les mots simples
du vieil homme décrivaient des scènes d'une telle cruauté,

que l'on aurait pu penser qu'un observateur les avait écrits et non pas, une personne qui avait participé à ces atrocités.

Pensant peut-être le réveiller, le docteur souffla sur le visage de l'homme. Ne pas avoir à continuer la lecture.

L'homme ne se réveilla pas, il dut donc lire pour savoir et comprendre.

« Le vent du désert est fatigant, il nous balance ce sable dans les mirettes, nous dessèche la peau et le gosier… Tiens ! Ce matin, Robert, nous a offert sa tournée !

Je m'habitue à cette ambiance de franche camaraderie ! Les copains s'amusent comme des gosses, remarque, à vingt ans, on ne peut pas dire que l'on soit vieux ; ça dépend, il y a des jours, où il me semble avoir… Le temps passe lentement, trop lentement. Quand cela va-t-il s'arrêter ?

L'autre jour, on était tous énervés, je ne sais pas pourquoi, la chaleur peut-être.

On a eu un type, un vieil arabe, et son gamin… Il a été pris dans une zone interdite, soit disant, il gardait son troupeau. On l'a accroché comme un mouton par les pattes, la tête en bas, on lui a donné quelques coups, et puis on lui a trempé la tête dans une baignoire en métal. Un coup, on le descendait, un coup on le remontait.

Des fois, on le laissait un moment la tête sous l'eau, le temps qu'il réfléchisse. Son gamin le regardait, sans broncher. Pas une larme, pas un mot... Il se tenait juste là, face à son père, tendu comme s'il se préparait à bondir pour le détacher.

Le père devait parler, la présence de son fils était là pour accélérer le processus, c'est tout. Manque de bol, le type a tellement réfléchi avec la tête sous l'eau, qu'il est mort.

Ça ne se fait pas de mourir, devant son fils, il aurait du parler, merde ! »

Le docteur gigotait sur sa chaise, regardant sa montre et comptant les minutes qui le séparaient de l'opération. Il avala une gorgée d'eau, et continua de lire. L'auteur du carnet avait couché sur le papier, la banalité d'une guerre, la violence qui s'accroche à vous comme de la crasse, la transformation d'un homme ordinaire en prédateur sans pitié.

« Ben Hamid... Youssef Ben Hamid ! Oui, c'était son nom ! Youssef... J'ai vomi ce jour-là, (je suis trop sensible !) Peut-être à cause du gamin. Inlassablement, il frappait son père au visage pour le réveiller. Pour qu'il s'arrête de taper, on a été obligé de l'empoigner et de le jeter dehors... »

Le docteur referma le cahier, le cacha dans le tiroir de la table de nuit. Il devait se préparer pour l'opération.

L'intervention se déroula parfaitement, comme prévu.

Quelques heures plus tard, Raymond se réveilla progressivement, chassant les mauvais rêves de ses mains comme on écarte des toiles d'araignées sur son passage. Il faisait clair dans la chambre d'hôpital, cela sentait le propre. Raymond était rassuré. À son âge, on aime se faire dorloter et on a si peur de la mort, cette mort qui vient roder la nuit, alors que l'on tente de s'endormir, la nuit où les vieux démons réapparaissent.

Le docteur entra et vint s'asseoir auprès de son patient :

— Monsieur Duval, je vous ai opéré avec succès. Votre diabète a fortement détérioré votre santé. Cette vilaine gangrène s'est attaquée à votre pied droit, vous avez été hospitalisé à temps !

— Oh ! À mon âge...

— Mais non, mais non ! Il vous reste de belles années encore... Il faudra des soins constants, j'ai été obligé d'amputer.

— Amputer ? le vieux fit une grimace de dégoût.

— Il n'y avait pas d'autre choix possible, enfin, il y avait la mort. Vous voulez vivre n'est-ce pas ?

Raymond pesait le pour et le contre, après tout, ce n'est qu'un pied, songea-t-il.

Tandis qu'il réfléchissait à cette alternative, le docteur déposa sur les draps de Raymond, le carnet. Le malade le toucha, sentant sous ses doigts le grain rugueux de la couverture, ce contact lui rappela le sable. Le sable qui s'incruste partout, qui gratte, les nerfs à fleur de peau.

Ses yeux allèrent du badge du docteur vers son visage, long, mince, sa peau ambrée... Sa lèvre inférieure trembla légèrement, la panique se lut sur sa figure ratatinée.

— Ben Hamid... Tu es revenu...

— Non, je suis le docteur, Ben Hamid... Youssef était mon père.

— Oh !

— Je sais qui vous êtes, et ce que vous avez fait...

Raymond ne put se résoudre à parler, il ne trouvait pas les mots pour s'excuser, ni même se défendre. Cloué au lit, un pied en moins, il ne pouvait imaginer se lever et courir, loin de l'hôpital, loin du docteur, loin de Youssef.

Youssef était là, dans sa tête, dans ses souvenirs. Impossible de fuir un souvenir.

— Sans ce carnet... J'étais enfant, je ne vous aurai pas reconnu, d'ailleurs je ne connaissais pas votre nom, rien. Non, c'est votre carnet qui...

— Vous m'avez sauvé ?

— Je suis médecin, ne l'oubliez pas. Je suis venu vous annoncer que nous nous reverrons, bientôt, pour les prochaines opérations.

— Les prochaines ?

— La gangrène ne vous lâchera plus. Elle sera votre compagne jusqu'à votre dernier souffle. Je serai là pour amputer votre jambe jusqu'au genou, puis jusqu'à l'aine et après... Après, Dieu se chargera de vous.

Le docteur referma la porte de la chambre derrière lui, laissant le vieil homme qui transpirait comme si le vent chaud du désert, sur lui, soufflait de nouveau.

POINT DE RETRAITE

J'ai assez perdu de temps, je m'arrête juste pour écrire avant de repartir.

Quand j'ai commencé ce journal, j'avais rempli des pages entières à propos de la retraite. Comment je la voyais ma retraite ? Calme, planifiée, prévisible dans le moindre détail. Ce que je veux dire par-là ? C'est simple ; je rêvais d'une maison de taille raisonnable puisque les enfants seraient partis faire leur vie. Avec tout le confort moderne et de plain-pied puisque l'on perd souvent sa mobilité en vieillissant. Et puis un beau jardin, pas trop grand pour qu'il n'y ait pas trop de travail ; une simple pelouse avec un grand chêne au milieu, de grands massifs de fleurs, et peut-être même un petit potager. Des voisins, des commerces pas loin, des docteurs, on ne peut se passer d'eux. J'avais calculé le montant de notre retraite à mon mari et moi, ainsi que toutes sortes de détails stupides. Mon Dieu ! Quarante-quatre ans, que je suis stupide ! N'avais-je donc rien d'autre à raconter dans ce journal, n'avais-je rien d'autre à penser que la retraite ?

J'avais choisi une petite ville au bord de la mer sur la côte du Goëlo, un port de pêche tranquille avec des paysages changeants au rythme des marées.

J'imaginais déjà les parties de pêche à pied, aller au marché à vélo, les virées en bateau. J'avais imaginé les enfants qui nous rendaient visite pendant les vacances, dans notre maison de famille. On en a jamais eu de maison de famille, ça aurait commencé avec nous et puis...

Et puis rien ne se passe jamais comme on l'a prévu.

Il n'y aurait jamais de maison de famille en Bretagne, pas de pêche à pied, et pas de retraite non plus.

Des fois on se sent tellement fort que l'on s'imagine pouvoir tout maîtriser. Maîtriser le cours de sa vie, saisir à pleines mains toutes les chances qui s'offrent à nous pour se construire un avenir. « Quand je serai grande, je ferai... Quand j'aurai de l'argent, je serai... Quand je serai vieille... » Demain, demain, toujours demain, et c'est quand demain ? Toutes les promesses, tous les espoirs, tous les rêves sont à demain ; Je n'y suis jamais allée à demain, montrez-moi pour voir !

Et ce type avec ses lunettes en écaille, qui me regardait droit dans les yeux en tripotant son Vidal, soupesa ma petite existence et m'asséna bêtement que je n'irai jamais jusqu'à demain. Il s'en moquait de tout ça, lui, il savait qu'il irait, peut-être. Moi, jamais.

J'étais en colère contre le temps qui avait passé, et en colère contre celui qui ne viendrait plus. En colère contre le monde entier, contre ma famille, contre mes amis, contre moi.

J'aurais bien tapé sur ce petit bonhomme en blouse blanche qui avait décidé avec son air suffisant, que non décidément, ce ne serait pas possible de continuer, et qu'il me faudrait faire une croix sur mes points retraite...

Finalement, on se fait à tout.

Nous avons emménagé, il y a deux semaines dans notre maison de famille, à Paimpol.

Michel s'est levé un matin et m'a annoncé « On vend la maison ! » Sur le coup, j'ai pensé qu'il avait perdu la tête. Vendre le pavillon ? Laisser tout tomber, repartir à zéro... Tout ça, ce n'était plus pour moi, je n'avais plus le temps de repartir à zéro, et j'ai pensé que Michel refusait la réalité : J'allais mourir, sûrement cette année. S'il devait repartir à zéro, ce serait sans moi. J'ai tenté de lui expliquer que son idée n'était pas réaliste, que les enfants étaient encore jeunes, que ce serait difficile pour lui, les premiers temps, quand je ne serai plus. Il m'a rétorqué : « Ne dis pas de bêtises ! »

J'étais choquée. Était-ce ainsi que l'on devait s'adresser à une mourante ?

« Tu n'es pas mourante, tu es malade... » Il pleura quelques instants le dos tourné, puis prit une grande inspiration et en se retournant me dit « Je sais que tu vas mourir, nous le savons tous les deux, mais il reste encore du temps. On va vendre la maison, liquider les comptes, je trouverai un boulot sur place, on s'arrangera, fais-moi confiance ! »

Et nous sommes partis. La maison a rapidement trouvé acquéreur, nous avons rassemblé nos économies, vendu la deuxième voiture.

Maintenant, nous sommes face à la mer, une belle maison en pierre, avec une cheminée. Je regarde la marée par la fenêtre de la cuisine, les bateaux qui entrent et sortent du port. Dans le jardin, nous avons une magnifique pelouse, on respire l'iode en travaillant dans le potager.

Je n'ai pas revu l'homme en blouse blanche, il a dit que c'était inutile de revenir, que cela ne changerait rien... Il a raison, pourquoi perdre du temps avec les docteurs ! Comme dit mon mari, il n'est jamais trop tôt pour prendre sa retraite et jouir de la vie. Alors on en profite parce qu'il est encore possible ce demain auquel je ne voulais plus croire. Il sera peut-être court, mais il sera. Des voisins vont nous emmener à la pêche à pied, demain. Il faut que j'aille Place du Martray m'acheter un coupe-vent et des bottes en caoutchouc. Si je ne suis pas trop fatiguée par la pêche, on emmènera les gosses manger une galette ou des moules sur le port, demain.

Demain est là, et j'y suis tellement bien.

MONSIEUR MOUSTACHE

La décoration vieillotte de leur appartement datait du début de leur mariage, une éternité s'était écoulée depuis, les mêmes meubles, les mêmes bibelots, une seule chose avait changé au fil du temps. Les photos du couple avaient disparu, et s'était imposée alors une seule icône, celle du chat, accrochée au-dessus du fauteuil sur lequel était assis le vieux mari.

Le chat possédait son panier avec un coussin brodé à son nom « Monsieur Moustache » mais il dormait là où bon lui semblait, c'est-à-dire : N'importe où.

L'épouse sortit de la cuisine, son tablier noué autour de sa taille épaisse, elle prit son habituel air maussade quand elle s'adressait à son mari, pour lui ordonner :

– Enlève tes pieds dégueulasses de la table basse !

Le mari abaissa son journal, jeta un œil par-dessus sa paire de lunettes et s'exécuta sans broncher, tandis que le chat assis sur la dite table, le narguait du coin de l'œil. La femme regarda amoureusement le chat et lui susurra :

– Alors monsieur moustache (elle le caressait en parlant) on est bien installé ici ? On a ses petites papattes bien propres, hein, pas comme d'autres... Bon, je vais te servir ton repas… (elle releva la tête et lança à son mari) Bernie, j'espère que tu ne t'attends pas à manger tout de suite parce que je préfère te dire que le déjeuner est loin d'être prêt !

Elle tourna les talons et réintégra sa cuisine. Le mari replia méticuleusement son journal et le posa sur la table basse, près du chat, il sifflotait :

« C'est la mère Michèle qui a perdu son chat, elle crie par la fenêtre… »

Il attrapa Moustache par la peau du dos, et sortit sur le balcon. On entendit un miaulement effrayé, puis Bernie repassa la porte fenêtre du salon en époussetant son pull au niveau de sa poitrine, au même moment on entendit le bruit d'un impact sur le toit d'une voiture dont l'alarme se déclencha.

Soudain une voix joyeuse se fit entendre : « Monsieur Moustache à table ! »

Le visage ridé du mari se décomposa, il semblait paniqué, hésita sur le pas de la porte fenêtre entre sortir sur le balcon, et, retourner l'air de rien, sur le canapé du salon. La femme arriva une assiette en porcelaine dans les mains, l'alarme de la voiture sonnait toujours et le mari bredouilla :

« L'alarme… Monsieur Moustache…je crois qu'il est tombé… »

La femme lâcha l'assiette en porcelaine sur le sol, qui se brisa en de minuscules morceaux qui atterrirent en partie sur les chaussons du mari, toujours planté près de la fenêtre.

Elle se précipita sur le balcon et bouscula au passage son vieil époux transi...

On entendit son hurlement puis :

– Oh mon Dieu ! Il est mort ! Y'a du sang partout ! Oh ! Mon Dieu !

Effectivement sur le toit d'une voiture bleue, on pouvait distinguer le corps du chat ensanglanté et sa queue qui formait un angle droit avec l'antenne radio tordue.

Le visage hystérique de la femme se tourna vers son mari immobile derrière elle :

– C'est toi ! (la femme se rapprocha du mari en le pointant du doigt) TOI ! Je n'avais que monsieur moustache dans ma putain de vie et t'as pas pu le supporter alors tu l'as tué !

– Pourquoi j'aurai jeté ce pauvre chat, il m'a rien fait, lui. C'est juste un terrible accident... (Le mari se rapprocha de la rambarde et jeta un coup d'œil en bas)

– Un accident ! Tu te fous d'ma gueule, un accident ? ! Je préférerais que ce soit toi sur cette putain de bagnole !

Le mari dit :

– Oh mais...regarde ! C'est dingue, une chute du troisième et pourtant on dirait qu'il bouge encore !

Il se retourne vers sa femme, le visage de celle-ci s'illumine en une fraction de seconde, l'espoir revient :

– Oh mon Dieu, faut que je vois ça ! Elle se pencha pour observer le miracle et...

elle bascula dans le vide, croisa le regard de son mari penché à la balustrade qui lui adressait un discret signe de la main, puis elle vit un couple qui déjeunait au deuxième étage, le corps de Monsieur Moustache se rapprochait, elle distinguait le sang, les poils en vrac de sa si belle fourrure puis... juste le temps d'un dernier râle, l'alarme qui résonnait, et le sifflotement du mari : « C'est la mère Michèle qui a perdu son chat... »

PAUL ET POLO

Paul

J'ai cinquante-quatre ans et alors ? Il est où le problème ? Je les fais pas, mes cinquante-quatre ans, d'abord, parce que j'suis beau mec, ça tout le monde me le dit, et en plus, je suis très jeune d'esprit... Un peu puéril, enfantin, voire niais selon l'humeur de ma chère femme !

Polo

J'ai cinquante-trois ans depuis quelques jours... Je ne m'y fais pas ! C'est fou ce que le temps passe vite ! Les gosses ont quitté la maison, ma femme pas encore, dommage ! Au boulot, c'est pas la joie, faut dire qu'ils attendent mon départ avec impatience, je leur coûte cher, paraît que je ne suis plus très productif. J'en ai marre, marre, marre...

Sylviane, femme de Paul

Je sais pas ce qu'il a mon bonhomme ! Jamais content ! Il me fatigue à un point qu'il ne s'imagine pas ! Il a changé, ou bien p't'être que c'est moi... C'est un vrai gosse, il l'a toujours été, je pensais qu'il changerait avec le temps, eh bien non, c'est même pire, il n'a plus l'excuse de son jeune âge. Il se trouve beau ! Moi, je le trouve pathétique avec ses cheveux teints, son bronzage d'hiver et ses jeans moulants. Il veut faire jeune. Il est ridicule...

Ginette, femme de Polo

Polo... On peut en parler pendant des heures que cela ne changerait rien. Depuis que les gosses ont quitté la maison, c'est intenable ! Il erre comme une âme en peine, c'est tout juste s'il m'adresse la parole, on s'ennuie ensemble, maintenant. Son boulot lui pèse, je le vois bien, mais que peut-il faire d'autre à son âge ? Il doit attendre sa retraite et faire le canard, c'est ce que je lui répète tous les jours, il hausse les épaules et me dit que je ne le comprends pas. Il a toujours été du genre rêveur, Polo, tourmenté, le type qui a des tonnes de rêves et de projets et qui ne va jamais plus loin que le bout du potager. Et oui, c'est ça mon Polo, pas satisfait de sa vie mais pas assez courageux pour en changer : ça m'arrange, elle me plaît ma vie comme ça, bon, d'accord, j'aimerai un mec plus enjoué, plus simple, mais j'ai Polo, je le garde...

Paul

On discutait avec Polo, mon pote, attablés au bistrot, on sirotait notre petit jaune, tranquille ! Tranquille, je veux dire, loin de nos bonnes femmes... ça fait du bien, d'être avec un copain qui comprend ce que je ressens, parce que, lui aussi éprouve les mêmes sentiments. On aimerait exister. On vit, on respire, on survit, ouais, pas très satisfaisant. Nous, on voudrait vibrer, comme quand on était adolescents, tout était possible, le pire et le meilleur, des aventures, la passion, la vie quoi ! Et à la place, on a quoi, je vous le demande ? Dodo, boustifaille, boulot chiant, femme, morte… Je suis vache, vous pensez ? Et ben, non, la mienne, elle veut plus rien faire au lit. Elle dit que ces enfantillages, c'est plus de son âge ! Elle a toujours eu une bonne excuse, la fatigue, les gosses qui pouvaient entendre, un film à la télé, je sais moi ? Elle a une imagination pour trouver des excuses, c'est dingue !

Alors moi, bien sûr, j'ai trouvé des consolations, ça vous choque ? Tant pis, quand je serai mort, j'aurai pas de regrets. Bref passons, je m'écarte du sujet. Polo se plaignait lui aussi de sa vie merdique et tellement décevante, tellement ! Jeunes, on pensait pas finir comme ça, jamais de la vie ! Nous étions invincibles. On se connaît depuis le lycée, on s'est jamais perdu de vue, jamais, plus fidèles qu'un couple marié, c'est marrant.

Polo a dit :

— Je vais foutre le camp !

— Hein ! Où ? j'ai répondu avec les yeux comme des billes parce que j'ai pensé : « Merde ! Si Polo s'en va qu'est-ce que je vais devenir ? Il ne peut pas me laisser, je tiendrai pas sans lui ! »

— Sans importance, je me barre, point final ! J'en ai marre Paul, raz le bol !

— Mais Polo, tu peux pas tout plaquer sur un coup de tête... je lui ai dit, d'autant que le Polo, je le connais comme si je l'avais fait, il est pas du genre entreprenant. Qu'allait-il devenir tout seul ? Cette décision aurait dû venir de moi, la grande gueule, pas de Polo, le trouillard !

— Bien sûr que je peux, d'ailleurs j'ai tout prévu...

— Ah ! j'ai dit et dans ma tête, j'ai pensé MERDE !

— J'ai de l'argent à gauche sur un compte perso, Ginette est pas au courant, tu parles, si elle le savait, ça fait belle lurette qu'elle aurait tout claqué pour sa foutue cuisine équipée ! Une cuisine équipée, non mais j'te jure, elle me bassine avec ça, alors que franchement, à part des plats préparés... D'ailleurs entre le manche de la poêle et ma queue, elle fait pas la différence ! Il a rigolé. Ça m'a étonné qu'il parle comme ça de sa femme, lui, si respectueux.

— La mienne, elle a plus souvent celle de la poêle en main que... (j'ai avalé mon pastis d'un seul coup) la mienne.

On s'est regardé, et puis on a rigolé. Que faire d'autre ?

— Viens avec moi !

— Quoi ?

— Tu m'accompagnes ! Je te jure, j'ai du fric, de quoi tenir jusqu'à la retraite, tranquilles. On va dans un coin pas cher, et on se la coule douce : Balades, virées avec des gonzesses, la pêche... On trouvera de quoi occuper nos journées, fais-moi confiance !

— Mais Polo, je sais pas, tu me prends à froid, j'ai rien prévu...

Le trouillard ce serait pas moi par hasard ? La roue tourne semble-t-il.

— Tu fais ton sac en cachette, tu règles tes affaires en cours et on se barre, c'est pas compliqué ! J'ai pas fixé de date, dès que tu es prêt, on met les voiles...

Ses yeux brillaient, et pas à cause du pastis.

— Avec le camping-car que t'as acheté l'an dernier ?

— Je l'ai pris pour ça, qu'est-ce que tu croyais ? Que c'était pour Ginette ? il a rigolé.

Ginette, femme de Polo

Il m'a dit : « Mais oui, tu l'auras ta cuisine ! » et il a tourné les talons. Je ne sais pas s'il a dit ça pour se débarrasser de moi, parce que cela fait des mois que je lui en parle de cette cuisine équipée, ou s'il était sérieux... Je lui redemanderai ce soir !

Polo

J'ai parlé de mes projets à Paul ! Il était surpris. Je crois bien que je l'aie pas étonné depuis le lycée. Je suis si conventionnel, si froussard... J'aime mon confort. Les soucis, les disputes : C'est pas pour moi. Maintenant, j'espère que Paul va venir. Je ne sais pas si j'aurais le courage de partir sans lui.

J'ai préparé le camping-car. Ginette était contente de voir ma frénésie de nettoyage, elle a dit qu'elle m'aimait comme ça. Je vous jure ! Il y a des jours je préférerai être sourd.

Les gosses me manquent finalement. On se croit préparé à leur départ. On les élève dans l'idée qu'ils doivent prendre leur envol, mais quand ça arrive, on a l'impression d'être sur une dune, on tente de grimper en haut et le sable se dérobe, on s'accroche mais non, on reste en bas. Enfin, c'est la vie !

Demain, Paul va me donner sa réponse. Pourvu qu'il dise oui...

Sylviane, femme de Paul

Paul est rentré du boulot, comme tous les soirs il empestait le pastis. Je sais très bien qu'il était avec cette chiffe molle de Polo au bistrot. Si sa femme le surveillait un peu plus ! Cette Ginette, je l'aime bien mais quand même, elle devrait se rendre compte que son Polo n'est pas un saint !

Paul avait l'air bizarre. Je me demande s'il ne me cache pas quelque chose. On se parle plus trop, c'est difficile de savoir ce qu'il a dans la tête. Sûrement des conneries. Il a fouillé les placards en sifflotant, comme s'il cherchait un truc vital, je lui ai dit :

— Mais qu'est-ce que tu cherches ? Tu fous en l'air tous les placards ! Tu pourrais ranger tout le bordel que tu as mis ! Faut dire que j'étais furieuse. Il a répondu :

— T'inquiète pas mon bijou, je vais ranger dans quelques jours, tu ne reconnaîtras pas tes placards !

Il a recommencé à siffloter.

— Tu cherches quoi ?

— L'atlas.

— Pourquoi faire ?

— Polo et moi, on a fait un pari à propos de géographie, rien de très intéressant...

— Je me doute ! Vos discussions de comptoir !

C'est vrai quoi ! Au lieu de rentrer à la maison auprès de son épouse, il perd son temps au bistrot avec des poivrots.

Il a trouvé l'atlas et a passé la soirée à regarder les cartes des différents pays, pendant que moi, j'étais sur le canapé à regarder flop story.

Polo

Il est entré avec son grand sourire ; celui des beaux jours. Il a toujours une mine superbe, Paul. Je sais pas comment il fait, il est un peu plus vieux que moi mais il a toujours autant de charme. Il a gardé son corps musclé, son côté « je fais du sport et il faut que cela se voie ». Les filles, elles adorent ça, les types qui font attention à eux, qui se maintiennent quoi ! Sa femme n'y fait plus gaffe.

Qu'est-ce qu'elle est conne cette Sylviane ! Mais conne ! Le pauvre vieux ! C'est une bonne raison de foutre le camp, j'vous le dis ! Remarque, la mienne n'est guère mieux. Je ne sais pas ce qui m'a plu chez elle au départ. On est idiot à vingt ans. Vraiment. Seulement à cette époque, les filles couchaient pas, pas avec moi en tous cas, donc il fallait épouser. J'ai pris Ginette parce qu'elle m'admirait moi et mes études d'ingénieur. Ça m'a fait bomber le torse, pousser les poils de barbe. Seulement, la Ginette, elle n'a jamais rien fait, jamais rien vu, elle n'a pas de rêves, elle n'en a jamais eu. Je crois que c'est cela qui aurait du me mettre la puce à l'oreille : Quelqu'un qui ne rêve pas, c'est pas un être humain, tout juste une bête. Oh ! Je sais, c'est la mère de mes gosses, j'en suis navré, j'espère qu'ils rêvent, eux.

— Alors Polo ! Ça va ? T'as l'air songeur, a dit Paul en s'asseyant. Il a levé le bras vers le garçon de café « comme d'hab' ! »

L'autre a servi le pastis, comme d'hab'. Je lui ai répondu tout en mettant un glaçon dans mon verre :

— Rien, je pensais à Ginette.

— Ginette ? Tu fais machine arrière, des remords ? il avait l'air inquiet.

— Mais non, t'es dingue ou quoi ! Après plus de trente ans, j'en ai fais le tour de ma vie avec Ginette. Non, merci ! Je me disais juste... Oh ! Laisse tomber ! Alors tu viens ou pas ?

— À ton avis ? Tu crois que je laisserai mon Polo tout seul dans la nature ! Tu as besoin de moi, de mes gros bras, de mon sourire de séducteur pour attirer les filles l il m'a fait un clin d'œil.

— J'ai pas besoin de toi, j'ai de beaux restes.

— Des restes, rien que des restes. Il va falloir te remettre le pied à l'étrier. La drague, c'est comme le cheval, on oublie jamais.

— C'est comme le vélo ! L'expression exacte, la drague c'est comme le vélo.

Je suis rabat joie par plaisir, j'adore entendre les réparties de ce bon vieux Paul.

— Que ce soit du vélo, ou du cheval ou n'importe quoi d'autre, c'est du pareil au même... T'as jamais dragué depuis l'affaire que t'as levé il y a trente ans...

— Je l'ai pas dragué, même pas ! Il fallait qu'elle se case, j'étais là, moi et mon avenir brillant... Sans elle, à me freiner : « Prends pas de risques mon Polo, reste tranquille là où tu es, pourquoi changer de boulot ? Et si t'en trouvais pas ? Et qu'est-ce qu'on ferait avec les gosses à élever... » et moi, j'ai suivi comme un gentil toutou. Je suis con, hein Paul ?

— Mais non, t'es pas con, tu es... il cherchait l'expression adéquate, celle pour me réconforter : T'es juste prudent, oui, c'est ça prudent !

Prudent et con.

Paul

C'est dans sa nature d'être prudent, il y peut rien, et c'est tellement mieux. Je suis tellement tête en l'air. Je supporte pas les responsabilités, et les décisions j'aime pas non plus. Fuir avec moi, c'est pas rien, je préfère me dire qu'il a pensé à tout dans les moindres détails. Je veux pas lui causer des ennuis à Polo, je l'aime trop.

— On s'en va quand ? a demandé Polo en feuilletant son agenda.

— La semaine prochaine, disons lundi, lui ai-je annoncé. J'ai proposé une date proche exprès, si Polo se met à gamberger, il pourrait changer d'avis, ce serait con quand même.

— Lundi. C'est une bonne idée, Ginette est pas là le lundi. On charge le camping-car et on se casse.

— Très bien. Je prendrai le strict nécessaire. Mes jeans, des baskets, ma canne à pêche, des capotes.

J'ai souri.

— Plein, il a souri aussi.

— Bon, à la nôtre, au voyage et à la vie qui commence !

Et on a trinqué. Et puis, en prenant son agenda et son stylo, il m'a dit :

— On va faire une liste de ce que l'on doit faire avant de partir... Des formalités pour pas avoir d'emmerdes avec nos bonnes femmes, on leur laisse ce qui reste sur place, c'est bien non ?

— Oui, j'ai répondu.

— On va noter ce qu'il nous faut pour le voyage, la bouffe, l'essence, nos papiers, un téléphone si on tombe en panne... Je crois que j'ai pensé à tout !

A tout mon Polo, comme toujours ! On s'est quitté contents. Hormis quels détails matériels, on était prêt à partir loin. Très loin.

Ginette

Polo est parti. Comme ça, pouf ! Évaporé ! Ah, ça ! Si on m'avait dit que Polo partirait, j'aurai rigolé, ouais, rigolé ! N'empêche, ça m'a foutu les boules quand j'ai lu sa lettre.

Il a écrit :

« Ne t'inquiète pas tout est prévu, tu ne manqueras de rien... »

Ben, heureusement ! Il ne manquerait plus que ça ! Il m'a habituée à un certain train de vie, quand même !

Quand j'ai vu les placards vides, ça m'a fait drôle, et puis, j'ai fait du rangement, on est comme ça, nous les femmes, quand ça va mal dans nos vies, on fait du rangement, le grand ménage de printemps. Il y a plus de place dans les placards, c'est bien. Je suis allée dans le garage. Le camping-car va me manquer, il était bien aménagé, tout neuf en plus. Et dire qu'il l'a nettoyé pour partir, quel faux-cul ! Il est parti sans me faire ma cuisine équipée, comment je vais faire ? Je vous le demande !

Sylviane

Je m'en fous, vraiment, je vous jure. Il a emporté ses tennis, ses jeans, sa canne à pêche, son auto-bronzant. Je m'en fous. Il est parti avec Polo. Comme compagnon de voyage, on a vu mieux. Paul ne sait pas vivre seul, ni prendre ses propres décisions. Il va revenir, c'est sûr. Un vrai gosse ! Une fugue à son âge... Ridicule !

Et la pauvre Ginette, elle a pas eu sa cuisine, comment va-t-elle faire, je vous le demande !

Paul et Polo

Chères Ginette et Sylviane,

Nous espérons que vous allez bien toutes les deux.

Nous sommes loin à présent, mais heureux, vivants comme jamais, que d'aventures !

On vous embrasse, ne vous inquiétez plus pour nous, on va bien.

Signé Paul et Polo

P.S. de Paul : Sylviane, Polo s'occupe de tout, je ne reviendrai pas.

P.S. de Polo : Alors Ginette, et la cuisine équipée ?

LE BONHEUR PORTABLE

Depuis mon changement d'emploi, je me sens tellement seule ! Je ne connais personne dans cette ville, en plus à quarante-six ans, ce n'est jamais facile de se faire de nouveaux amis, surtout lorsque l'on est célibataire. Les gens sont marrants ! Il suffit d'être seule, et de ne pas avoir d'enfant, pour aiguiser leur suspicion : Vous n'êtes pas normale, solitaire et bizarre, voire dangereuse ! Vous êtes un être sauvage, pire, un être asocial !

Au boulot, c'est pas évident de faire des rencontres, je ne vois quasiment personne de la journée. Ils m'ont cloîtrée dans un bureau minuscule, sans fenêtre, avec comme fonction : Répondre au téléphone aux clients mécontents. Le reste, c'est du classement de dossier, des recherches d'archives, vous voyez le genre ?

Alors j'ai réfléchi face au mur de mon bureau, en regardant la photo d'un poster : Un couple enlacé sur la plage. J'ai remarqué que les filles dans la rue sont jolies, enfin par rapport à moi, et aux standards des magazines féminins que je feuillette en me lamentant quand je patiente chez le dentiste. J'y suis souvent chez le dentiste, à cause de mes dents de traviole. Il est déterminé à remettre ça en ordre m'a-t-il affirmé. Je passe donc mon temps libre dans cette salle d'attente à feuilleter la presse féminine en regardant toutes ces jeunes filles qui sourient, en pensant au jour tant attendu où moi aussi je pourrai montrer mes quenottes, au lieu de rire avec ma main devant la bouche.

Les nanas dans la rue sont souvent jeunes – ce qui n'est plus vraiment mon cas - mais ça, aucun spécialiste n'y peut rien : Le temps avance, derrière vous, il vous pousse, sans ménagement en avant, et vous avez beau freiner avec vos gros sabots, à coup de crème antirides, et de couleurs chimiques sur vos racines blanchies, rien n'y fait, le temps vous bouscule, et vous fait basculer sans le moindre remords dans un monde à part, celui des vieux, et c'est pas bien joli, le monde des vieux...non, non, ne vous offusquez pas, c'est ainsi, le vieux est dépassé, il est fripé et décrépi, il a mal partout, il grince, et râle, se plaint, ou tente vainement de lutter contre une version de lui qu'il ne reconnaît même plus dans le miroir.

Les filles dans la rue sont cool. Et moi pas ! Je suis une stressée à temps complet. D'ailleurs cela se voit sur ma figure que je suis une nana sur les nerfs, c'est peut-être même pour cette raison que je me dégote rarement un mec, ou qu'en général, je le fais tellement flipper qu'il prend la fuite au bout d'une semaine. à moins que ce ne soit lié à cette histoire de dents de traviole...

Ces femmes-là gardent leurs Jules, et se font épouser, parfois même plusieurs fois dans leur vie, pourquoi elles et pas moi ? Je ne suis tout de même pas la seule à avoir une bouche remplie de dents biscornues !

Le téléphone ! Ou si vous préférez le smartphone : smart ça veut dire joli, mignon, fun, cool. Tout ce que je ne suis pas en somme.

Je vous explique ma théorie, vous allez comprendre : Elles sont plantées au milieu du trottoir, ou dans le métro, ou dans leur voiture, et elles téléphonent avec leur portable. Elles ont un air décontracté, quoique terriblement affairé, le genre de femme qui maîtrise tout : Le boulot, les gosses, leurs mecs et tout le tremblement. Elles sont dans leur jean taille basse et petit pull bariolé, avec un smartphone dans une main, de l'autre elles tripotent leurs cheveux longs, et rient aux propos de leurs interlocuteurs.

Et moi ?

Pas de jean taille basse, je suis trop forte au niveau du cul, et même si maman me dit que les hommes adorent les femmes qui ont des formes, eh bien, le taille basse, c'est franchement pas possible.

Les pulls bariolés, c'est plus de mon âge, il faut être réaliste.

Mes cheveux sont courts, c'est plus pratique m'assure la coiffeuse étant donné que mes tifs frisent dès que le temps est humide. Une coiffure afro sur une nana blanche aux dents tordues, pas besoin d'un dessin, ma vie est difficile.

Le portable voilà ce qu'il me manque.

Il m'en faut un ! C'est la seule chose qu'elles ont et que je peux avoir, et avec ça, j'aurai des contacts, et puis l'air décontracté...

Heureuse.

Le mot d'ordre aujourd'hui c'est : Communication !

Alors c'est décidé, je me lance. Je vais aller dans une de ces supers boutiques de téléphonie mobile me trouver un beau portable, pas trop petit pour qu'on le voit bien quand j'appellerai dans la rue, et puis un kit main libre pour la voiture... Je me demande quel forfait je vais choisir ? Je suis bavarde, il vaut mieux prévoir large ! Je ne dois pas oublier une housse pour protéger l'appareil de la pluie, il pleut souvent à Paris, rouge, j'adore le rouge.

Ça y est ! Je l'ai ! Un beau téléphone, avec un écran tactile immense, ce qui est indiqué lorsqu'on a la vue qui baisse. J'ai trouvé une housse rouge, très chic. Le vendeur m'a conseillé pour le forfait, il était charmant. Il m'a dit qu'avec cet appareil, je pourrai appeler qui je veux, quand je veux, et de n'importe où ! C'est fou, non ?

Non seulement, je peux téléphoner avec mon beau smartphone, mais en plus tout un monde nouveau s'ouvre à moi, celui des applications sociales. On ne s'imagine pas tout ce que l'on peut faire avec un simple téléphone de nos jours. Vous pouvez avoir Facebook sur votre engin, un réseau d'amis à portée de la main, quelle aubaine pour moi ! J'ai pas encore d'amis sur Facebook, mais j'y travaille, il faut juste que je me souvienne du nom de famille de mes anciens camarades de classe...comment elle s'appelait déjà cette gamine rousse, avec des lunettes qui partageait ses bonbons avec moi en CE1...Mélanie... Laurence... Stéphanie, oui c'est ça... Stéphanie...comment déjà ? Je ne me souviens plus, faudra que je demande à ma mère, elle s'en rappellera peut-être.

Enfin, je vous parle de Facebook, mais il y a aussi Twitter, vous tapez un ridicule message en 140 caractères et la terre entière peut vous lire, ou pas. Je précise ou pas, car il faut avoir des personnes abonnées à vos messages pour être lue, dans le cas contraire c'est un peu comme pisser dans un violon, remarque parler seule n'est pas un frein pour moi, j'ai un peu de pratique.

Voilà, voilà... ah j'oubliais, vous pouvez aussi partager vos photos sur Instagram, génial ce truc, vous faites une photo et pouf, comme sur Twitter la planète entière peut s'extasier sur votre image, là aussi il faut des abonnés c'est mieux, ou prendre soin au moins de mettre une légende qui attire les gens pour qu'ils s'extasient sur votre photo. J'ai observé que de nombreuses personnes postent des photos de ce qu'ils mangent, quand ils sont au resto par exemple. Je ne vais pas au resto, seule c'est pas drôle, et puis je souffre de mes dents de traviole, alors, l'autre soir, histoire de participer activement à ce réseau social, pleine de bonne volonté, j'ai envoyé une photo de mon dessert. Un Flamby, avec une légende accrocheuse : un dessert présidentiel ! J'ai eu des tonnes de personnes qui ont commenté ma photo, la gloire en quelque sorte, tout ça à cause d'une photo de flan, c'est dingue non ? Alors leurs commentaires étaient certes un peu flous, genre « LOL ! » « MDR » mais je suppose que cela doit avoir un sens, les gens sur internet ne parle pas comme les vrais gens, ils ont des codes pour se reconnaître entre eux, il faut absolument que je déniche la clé de cette étrange communication si je veux m'intégrer socialement dans ce truc-là... si on m'avait dit que ce serait si compliqué de se faire des amis, de se fondre dans la société, d'être comme les autres, épanouis.

En tous cas, je l'affirme, avec mon smartphone, je me sens plus libre et plus décontractée depuis que je sais que j'ai cette faculté d'être joignable à toute heure du jour ou de la nuit, n'importe où. Le même air cool que les filles que j'enviais dans la rue.

J'avais presque oublié qu'avec mon smartphone en plus de m'intégrer aux réseaux sociaux, je peux téléphoner ! Je peux appeler qui je veux !

Qui je veux ?

Qui ?

Merde, c'est vrai ça, à qui vais-je téléphoner ? Je connais personne, à part Josiane, mais elle n'a plus le téléphone depuis qu'ils lui ont coupé... Mon frère, non, il est parti en vacances en Lorraine, ou bien, mon ancien voisin, monsieur Pinot. Ah ! Non, je n'ai pas son numéro... Mais qui vais-je appeler avec mon beau portable tout neuf ?

Communication. Communication. Communication...

– Allô ! Maman ? Oui, c'est moi...Je t'appelle de mon téléphone portable...Je sais que j'avais déjà un téléphone à la maison, mais c'est pas pareil c'est un portable je te dis ! Je te téléphone dans la rue, c'est chouette, hein ? Mais non, les gens ne m'écoutent pas...

Communication. Communication. Communication...

DUNE

Je marche depuis plus de trois heures, pataugeant dans le sable à la recherche de la paix. Je n'ai pas trouvé d'autre idée que de m'isoler dans le désert pour trouver la paix de l'esprit, la paix de l'âme, dans le silence le plus total, si ce n'est celui du chant des grains de sable qui crissent contre ma peau. Je trébuche dans mon ascension mais mes yeux sont déjà parvenus là-haut sur ce crâne muet.

Pourquoi gravir cette dune ? À cause du fil ! Je l'ai découvert quelques kilomètres auparavant, à demi enfoui, un fil électrique, un câble beige qui se fondait presque dans le paysage monochrome. Je l'ai ramassé, surprise de le trouver là, au milieu de nulle part. Ma main tirait, tirait, et toujours le câble courrait sous le sable comme un serpent silencieux. Je me suis mise à suivre le fil, et plus seulement celui de mes pensées, non, ce fil extra-dunesque...

Je grimpe donc sur cette dune, accrochée au câble comme une alpiniste, mes pieds s'enfoncent, je dégringole de plusieurs mètres et je recommence, obstinée. Que fait ce fil ici, et pourquoi diable lui courir après ? Un but, voilà tout.

Je continue, j'ai l'impression d'être arrivée en haut, et
là, dans le soleil qui se couche, rouge feu, je vois un objet
qui semble avoir affronté un tueur sanguinaire armé d'une
hache. Ce n'est que la lumière, la lumière écarlate... J'attire
d'un grand coup sec le câble : Dépit, rage. Pourquoi un
ordinateur dans le désert, pourquoi ? Qu'ai-je donc fait
pour mériter cela ? Je ne peux m'empêcher de
m'approcher. Il est branché, bien sûr ! Une icône clignote
sur l'écran, j'ai reçu un message, un autre message long et
pénible, le type de message qui m'a contrainte à choisir le
désert. J'ouvre le message, et je sens mes pieds qui
s'enfoncent dans le sol, la dune gémit, le message crie mon
nom, et moi, je m'enfonce encore plus profond dans le
sable, je respire le sable, je mange le sable, je bois le sable...
Je suis sable.

AMOUR FILIAL
(UN PETIT CONTE FAMILIAL)

Hormis une cheminée, la pièce était vide, ni mobilier, ni rideaux aux fenêtres.

Les trois frères firent le tour de la chambre, dubitatifs.

Leur vieux père leur avait demandé de meubler cette pièce au mieux de leurs capacités, avec simplement, les quelques sous qui leur avait donné. Celui qui réussirait ce tour de force, aurait la maison et ses terres comme héritage, les autres n'auraient qu'à trouver bonne fortune de part le monde, par leurs propres moyens.

Ce moyen était le seul que ce vieil homme avait trouvé pour départager de qui de ses trois fils aurait le domaine familial, sans avoir à démanteler celui-ci.

L'aîné des fils fit tinter les piécettes dans sa main, observant les murs, il lança :

— La maison est saine, il n'y pas de doute ! Aucune humidité, pas de lézarde... On pourra en faire quelque chose. La revendre, serait à mon sens, la meilleure solution, qu'en dites-vous ? s'adressant aux deux autres.

Le plus jeune contempla ses chaussures et répondit :

— Il est peut-être un peu tôt pour discuter de ce genre de choses, non ?

Le second fils rétorqua :

— Il n'est jamais trop tôt pour parler de l'avenir, frérot !

— Je vais m'acheter un matelas, histoire d'attendre confortablement le dénouement de l'histoire ! annonça l'aîné.

— Moi, une malle ! Dès que tout sera fini, j'embarque mes affaires et je fous le camp de ce trou perdu ! dit le deuxième.

— Je vais acheter un fusil... J'ai toujours voulu un fusil pour la chasse.

— Ouais ! Tu nous ramèneras de quoi manger parce que si on compte sur le vieux pour ça, on peut toujours crever la bouche ouverte ! dit l'aîné au plus jeune.

Chacun fit donc ses achats. Un matelas de laine, une malle de voyage si grande qu'elle aurait pu contenir un homme, et enfin un fusil de chasse.

Le vieil homme vit ses trois fils revenir du village, il regarda le matelas, la malle et le fusil.

Au plus jeune, il demanda pourquoi un fusil, ce n'était pas un meuble, l'autre lui répondit :

— Cher père, je n'ai ni envie de me reposer, ni envie de quitter la ferme, j'ai donc acheté un fusil pour chasser les animaux indésirables qui peuplent notre maison...

Sur ce, il prit son fusil, courut jusqu'à la chambre qui contenait le matelas et la malle et y dénicha ses deux frères.

Les menaçant du bout de son arme, il leur fit quitter le domicile parental.

Les deux fils enfuis, le plus jeune invita son père à la chasse. Il lui expliqua l'état d'esprit de ses frères qu'il avait chassés.

Le père reconnaissant, tapota sur l'épaule de son plus jeune :

— Toi, au moins, tu es un bon fils !

Ils marchèrent côte à côte dans le champ de coquelicots qui bordait le domaine familial, le vieil homme souriant à ce fils si bon pour lui.

La partie de chasse fut bonne, le fils n'eut à tirer que deux fois.

Tandis qu'il dégustait sur la malle, un bon gros lapin, il jeta un œil sur son fusil posé sur le matelas.

Un sacré bon fusil pensa-t-il, même si le vieux courait vite, il l'a eu quand même !

PÉTUNIA

Il pleuvait sur le marché pourtant Sophie s'attardait à chaque étal pour trouver les prix les plus abordables. Depuis que Pétunia avait des ennuis de santé, leur retraite suffisait à peine à les faire vivre.

Elle connaissait chaque commerçant et discutait volontiers un moment avec eux. Elle déposa son panier devant un marchand de légumes qui la reconnut immédiatement :

— Bonjour Sophie !

— Bonjour !

— Vous êtes chargée, ce matin ! Pétunia n'est pas là, aujourd'hui ?

— Non, elle se sentait fatiguée, vous savez à son âge, il vaut mieux rester tranquille à la maison, au chaud !

— Surtout par ce temps, il pleut depuis ce matin, ça n'arrête pas !

— Je vais vous prendre quelques carottes et puis une salade pour Pétunia.

— Frisée ou laitue ?

— Une laitue... C'est très bon pour la santé.

— Pas d'ennuis au moins ? dit-il.

— Moi non, mais Pétunia est toujours fatiguée... Vous savez le docteur lui a fait faire beaucoup d'examens, nous attendons les résultats, répondit-elle.

— J'espère qu'il n'y aura rien de grave.

— J'espère...

— Voilà votre salade, Sophie, dit-il en lui tendant, ce sera tout ?

— Oui, je suis déjà chargée. Merci ! Je vous dois ?

— Un euro tout rond.

— Voilà, dit-elle en tendant sa monnaie, à bientôt !

— Au revoir, Sophie ! Donnez le bonjour à Pétunia de ma part !

— Ce sera fait !

Elle marchait courbée, entraînée par le poids de son panier. Sa veste grise était trempée, ses cheveux blancs également.

Elle se hâta pour rentrer, il ne fallait pas qu'elle attrape froid, « Pétunia a trop besoin de moi ! » songea-t-elle.

« Pétunia, tu exagères ! Je te parle et c'est tout juste si tu m'écoutes ! »

Sophie allait et venait dans l'appartement, rangeant ses achats dans les placards. Elle ôta sa veste, et la posa sur un cintre dans l'entrée. Elle fit un détour par la salle de bain pour se laver les mains, peigna ses cheveux blancs en arrière, puis dit d'une voix forte :

— Je t'assure, c'est agaçant. Je sais que tu es fâchée... Tu voulais sortir. Je t'ai expliqué pourquoi je ne t'ai pas emmenée ! Il pleut à verse, tu te serais mouillée...

— ...

— Tu préférais peut-être attraper une bonne bronchite, hein ? Oh ! Tant pis reste là, je ne te parlerai plus puisque tu fais la tête...

La sonnerie du téléphone retentit. Sophie se précipita dans l'entrée pour répondre.

— Allô ! Un sondage ? Euh ! Je n'ai pas trop le temps et puis... Non, je ne suis pas seule... Non, elle ne voudra pas répondre à vos questions, je suis désolée, nous sommes très prises... Au revoir.

Elle s'approcha de Pétunia :

— Tu te rends compte ? Il voulait que l'on réponde à un sondage ! Comme si notre avis avait compté une seule fois dans notre vie ! J'ai dit que tu ne voulais pas, j'ai bien fait, non ?

Pétunia la regarda, se retourna, et bouda.

— Je pensais que c'était ton docteur... Il n'a pas téléphoné pendant que j'étais au marché ?

— ...

— Je sais que tu es inquiète, avec tous ces examens que tu as subis, je le comprends, mais je n'y suis pour rien. Tu pourrais me répondre au moins quand je te parle !

Sophie était fatiguée. Faire les courses au marché, lui avait changé les idées mais avec ce temps, il avait fallu qu'elle se dépêche. Elle était rentrée essoufflée, les bras chargés de paquets encombrants mais n'ayant personne pour lui faire ses achats, et ne pouvant compter sur Pétunia, elle n'avait pas d'autres choix que d'y aller elle-même.

— Pétunia ? Tu veux boire ? tenta une nouvelle fois Sophie.

— …

— Ne me dis pas que tu fais encore la tête ? Bien. Tant pis, quand tu auras soif, tu n'auras qu'à me le dire…

Sophie vint s'asseoir sur le canapé du salon, elle but un grand verre d'eau, contempla calmement les bibelots. Elle en avait disposés partout. Des souvenirs de famille, pour la plupart, des petits plaisirs qu'elle s'était faits aussi.

Elle avait envie de regarder l'album de famille, en attendant de se mettre à table mais elle se dit que Pétunia se plaindrait si elle restait sagement assise.

Pétunia ne supportait pas qu'elle reste immobile, sans rien faire. Il lui fallait du mouvement, elle avait toujours été ainsi. Sophie se força à se lever, abandonna l'idée de regarder les vieilles photos et se dirigea vers la cuisine.

— Pétunia, je vais préparer le repas ! J'ai acheté du jambon, et je vais faire une salade. Je sais que tu n'aimes pas la salade mais tu as tort, c'est très bon pour la santé, ils l'ont expliqué l'autre jour dans un magazine de santé à la télévision. Évidemment, tu ne vas pas m'aider... C'est pas grave, je vais plus vite seule que lorsque tu es dans mes pattes !

Pétunia préféra rester assise dans le salon, sans broncher, fixant intensément une reproduction de Monet qui était fixée au mur face à elle.

À table, Sophie mangea en silence et n'adressa pas la parole à Pétunia, se contentant de la regarder avec dédain pour la punir de lui avoir fait la tête à son arrivée du marché.

En début d'après-midi, Pétunia s'installa sur le canapé et fixa en silence, les images qui défilaient sur l'écran de télévision. Sophie préféra se coucher dans son lit douillet. Elle ferma la porte de sa chambre, pour que le son de l'émission de Pétunia ne la dérange pas pendant sa sieste.

À son réveil, Sophie décida qu'elle emmènerait Pétunia chez le coiffeur, il était encore tôt. Une séance chez le coiffeur lui faisait toujours le plus grand bien, surtout lorsqu'elle n'avait pas le moral.

Elle entra dans le salon, et demanda tout en éteignant la télévision :

— Ça te dit d'aller chez le coiffeur ? Je me suis dis que cela nous ferait du bien... La pluie s'est arrêtée, d'ailleurs ils ont annoncé du beau temps pour tout le week-end... Pétunia, tu m'écoutes ?

— ...

— Allez fais pas l'idiote. Je sais que tu es un peu rancunière mais c'est fini maintenant, hein ?

— ...

— Fais pas semblant de dormir, tu sais que cela ne marche pas avec moi. Pétunia ! Pétunia ! répéta-t-elle en la remuant.

Cependant Pétunia resta inerte. Elle dormait en chien de fusil, entre les coussins roses du canapé.

— Pétunia !

Toujours pas de réaction. Sophie sentit son cœur s'affoler. Pourquoi Pétunia ne bougeait-elle plus ? Sophie fixa sa poitrine avec intensité, elle restait immobile : Pétunia ne respirait plus. Elle la secoua énergiquement, cédant à la panique.

— Pétunia ! Pétunia ! Je t'en supplie, fais pas ça ! Je t'amènerai la prochaine fois, je te promets ! Allez ! Réveilles-toi !

Pétunia ne se réveillait pas. Sophie courut au téléphone et appela les secours en priant pour qu'il ne soit pas trop tard.

Elle se reprocha intérieurement d'avoir été si dure avec Pétunia. Elle n'aurait pas dû se conduire ainsi avec elle, même si elle avait pensé au début que Pétunia faisait du caprice, non, elle n'aurait pas dû. Pétunia n'avait pas eu son comportement habituel à midi, elle n'avait rien voulu manger.

Les secours arrivèrent rapidement, la sirène avait ameuté les voisins, tous penchés à leurs fenêtres, ils étaient impatients de savoir ce qu'il s'était produit.

Les pompiers se précipitèrent avec leur matériel dans le salon où se trouvait Pétunia.

— Aucun doute, madame, elle est morte... Je suis désolé. Je pense qu'elle a fait un arrêt cardiaque, dit le pompier agenouillé près de Pétunia.

— A-t-elle souffert ? demanda Sophie en pleurnichant.

— Non, elle a dû partir dans son sommeil.

— Une belle mort. Elle le méritait vous savez ?

— Elle va vous manquer, n'est-ce pas ? dit le pompier.

— Oui ! C'était ma sœur... Ma petite sœur, répondit Sophie en pleurs.

— Je vois, je vois, dit le pompier en caressant le pelage de Pétunia.

À leur arrivée, l'un des pompiers s'était pris les pieds dans une corbeille de chien, il avait ramassé un jouet en caoutchouc. L'homme s'était étonné de n'avoir pas entendu le chien aboyer quand ils avaient sonné...

Constatant la détresse de Sophie, ils jugèrent préférable de la conduire jusqu'à l'hôpital. Dans le camion rouge, elle sanglotait tout en serrant contre elle, l'album de famille et le jouet en caoutchouc de Pétunia.

MARGUERITE

Marguerite se sentait seule depuis que son époux était décédé. Elle avait peu d'amis, pas d'enfants, quasiment plus de famille : Albert était son monde...

Maintenant ce monde était vide et sans intérêt.

« Un seul être vous manque et tout est dépeuplé » Cette phrase lui trottait sans cesse à l'esprit.

Ils s'étaient connus très jeunes, ils faisaient de la résistance ensemble pendant la guerre. Que de passion à l'époque ! Attisée sans doute par la peur, l'héroïsme, le danger qui affinait leurs sens. À la libération, ils s'étaient mariés et ne s'étaient plus jamais quittés. Là où allait Marguerite l'on voyait Albert et là, où l'on apercevait Albert, on pouvait être sûr que Marguerite n'était pas loin. Une grande fille rousse, aux yeux verts, au tempérament fougueux assorti à sa flamboyante chevelure. Son rire sonore était toujours déclenché par les pitreries d'Albert. Ce grand garçon robuste la prenait par la taille, la soulevait comme un fétu, et la faisait valser en chantant...

Marguerite n'avait pas besoin de regarder les vieilles photos, ses souvenirs étaient intacts ; elle fermait les yeux et revoyait Albert, peignant ses cheveux bruns, rasant sa barbe tout en discutant, son regard rieur, ses mains si longues et si douces. Tout cela était bien loin maintenant : Albert était resté enjoué même s'il avait perdu ses cheveux, même s'il avait grossi. Il avait simplement vieilli, comme Marguerite dont les cheveux avaient blanchi et dont la taille était moins fine. Ils avaient changé, le temps les avait usés.

Elle regrettait qu'ils n'aient pas eu d'enfants, Albert, au contraire, s'en félicitait : « Nous pouvons voyager quand bon nous semble ! » Disait-il souvent tandis que Marguerite pensait qu'ils n'étaient jamais allés plus loin qu'en Normandie... Ces moments de nostalgie ne duraient pas, Marguerite aimait trop son mari. Elle se consolait en regardant ses amies autour d'elles, mariées à des hommes égoïstes, distants, brusques, moroses : Albert était affectueux, généreux, tendre, gai ! N'avait-elle pas de la chance ?

C'était un jour de marché, Albert était parti seul faire quelques courses, le téléphone avait sonné, elle avait écouté son interlocutrice, en silence. Une fois, le téléphone raccroché, elle courut jusqu'aux toilettes et vomit. Elle se releva pâle et chancelante lorsqu'elle entendit la clé d'Albert qui jouait dans la serrure. Elle se ressaisit, reprit son air habituel.

— Marguerite ?

— Oui, je suis là, une seconde, elle tira la chasse et sortit des toilettes.

Son mari était devant la porte, un bouquet de fleurs à la main :

— Tu vois que je pense toujours à toi ! il l'embrassa.

Elle le regarda en souriant :

— Oui, toujours.

Les jours passèrent, elle repensait sans cesse à cette conversation téléphonique. Il fallait qu'elle sache, qu'elle découvre la vérité.

Elle lui préparait son thé pour quatre heures, comme chaque jour. Il le goûtait en faisant la grimace, le trouvant trop amer. Marguerite avalait son café d'un trait et lui rétorquait : Ce diurétique est très bon pour ta santé, et finalement il l'ingurgitait.

Elle l'étudiait en silence, pour découvrir le détail qui aurait dû lui mettre la puce à l'oreille mais elle ne trouvait rien d'anormal. C'était Albert, le même bon vieil Albert qu'auparavant. Pourtant il lui paraissait différent, comme si le vieil homme assis face à elle, était un étranger, un intrus, un ennemi.

Elle se remémora son entrevue avec Noémie, au café de la gare, le jeudi passé : Quelle était jeune !

La cinquantaine, les yeux bruns et pétillants, un nez fin, des lèvres charnues. Elle lui raconta toute l'histoire en détail, posant parfois la main sur le bras de Marguerite comme pour la consoler. Elle sortit de son sac en cuir, un vieux portefeuille, et lui montra des photos. Marguerite observa chacune d'elles. Un déplacement professionnel, un détour dans l'histoire de leur couple. La photo en témoignait, ce « détour » avait laissé une trace : L'enfant d'Albert.

Comment avait-il pu lui mentir toutes ces années ? La femme lui expliqua que lorsqu'elle avait annoncé la nouvelle de sa grossesse à Albert, il n'avait pas voulu en entendre parler :

— Je me fiche de cet enfant, ce sont ses propres mots ! dit Noémie et elle ajouta, j'ai contacté votre mari plus d'une fois pour qu'il reconnaisse son fils mais il a toujours refusé, comme il a toujours refusé de lui faire l'aumône d'une rencontre. Mon fils aurait aimé le connaître, juste pour voir son visage, et entendre sa voix.

— Je vous ferai parvenir des photos de mon mari, et puis, je vous donnerai pour votre fils, des renseignements sur l'histoire familiale, qu'il connaisse ses origines, dit Marguerite au bord des larmes.

— Ce serait tellement gentil de votre part ! Je sais qu'il n'y a rien à attendre de la part d'Albert... mais des photos et des détails sur lui et sa famille, permettra à mon fils de connaître son histoire, c'est essentiel pour lui, pour qu'il puisse avancer dans la vie sans regarder en arrière, vous comprenez ?

— Bien sûr... Je suis vraiment désolée pour votre enfant, il n'est pas responsable de cette situation.

Noémie laissa son adresse à Marguerite, qui lui promit de lui envoyer les documents rapidement.

« Le thé infusé à partir de feuilles de digitale séchées est utilisé traditionnellement comme diurétique... » Marguerite feuilletait le livre en silence, installée au fond de la bibliothèque municipale, le guide des plantes aromatiques et médicinales, saine lecture pour une femme de son âge.

Elle ne prit aucune note et mémorisa les informations sur la digitale. Il lui faudrait trouver cet ingrédient « à l'occasion d'une promenade en campagne avec Albert. » songea-t-elle.

Elle aurait pu utiliser des champignons vénéneux, qui sont la cause accidentelle de nombreux décès mais à son grand regret, ce n'était pas la saison.

« La digitale c'est aussi bien ! » se dit-elle, « j'ai toujours aimé les fleurs. »

Une femme trompée n'a pas d'âge : Peu importe que la trahison ait eu lieu des dizaines d'années auparavant, peu importe que l'épouse soit une vieille dame : La blessure d'amour la fera souffrir autant que si elle avait vingt ans. Peut-être même d'avantage, car il ne reste plus assez de temps pour effacer le souvenir de l'affront subi.

Marguerite soigna son mari à sa manière, il en mourut, lavé de toutes ses fautes. Elle l'enterra dignement. Il eut droit à une messe, des fleurs, une plaque en marbre avec un angelot qui voletait au-dessus de l'inscription « Un amour exclusif »

Son monde était vide et sans intérêt. « Un seul être vous manque et tout est dépeuplé » Cette phrase lui trottait sans cesse à l'esprit. La trahison d'Albert résidait dans cet enfant qu'il avait conçu avec une autre : À elle, il lui avait refusé ce bonheur. Cet enfant lui manquait maintenant, un seul être vous manque...

HORTENSIAS

Maria vivait en pays breton non loin d'un bourg tranquille. Sa longère dont les murs étaient bordés d'hortensias roses était enfouie dans la campagne, comme oubliée. Elle l'appelait « sa maison rose » et les gens qui y venaient la surnommaient « la glacière ».

La demeure de la vieille dame était froide, l'humidité vous noyait les os, elle soutenait pourtant à qui voulait l'entendre que l'air frais, bien qu'en vérité il fut glacial, lui faisait le plus grand bien. Depuis que sa chaudière ne fonctionnait plus, Maria se réjouissait chaque jour :

« Cher docteur, je vous dis que cet air là m'a toute ragaillardie. Vous devriez essayer ! »

Rares étaient les personnes qui avaient le courage ou la santé pour rendre visite à Maria. Elle se déplaçait donc chez ses parents ou voisins, s'installait devant leur feu de cheminée, (la sienne n'étant plus ramonée depuis plus de cinq ans) et bavardait une bonne partie de l'après-midi. Le goûter avalé, (qui remplaçait avantageusement le dîner), elle repartait dans sa revigorante maison.

Maria avait de très longs cheveux, d'un blanc douteux depuis qu'elle avait renoncé à sa coupe mensuelle chez

Simone, ainsi qu'au shampoing qui l'accompagnait. Peu lui importait, elle les tressait en une longue natte qu'elle tire-bouchonnait puis fixait sur le sommet de son crâne. « Ni vu, ni connu ! » Disait-elle à sa cousine Mélanie qui critiquait l'état déplorable de sa chevelure.

Tous les jours à neuf heures tapantes, Maria achetait son pain frais à la boulangerie de la place du village, en raison de la petite ristourne qu'elle lui accordait, contrairement à l'autre boulangerie qui n'avait donc pas droit à sa visite quotidienne. Le midi comme le soir, elle s'installait à sa cuisine pour manger le pain qui lui restait de la veille, de sorte que la vieille dame ne connaissait que le goût du pain rassis. Elle n'avait jamais pu se résoudre à jeter le vieux pain pour entamer sa baguette croustillante achetée le matin même. Ainsi vivait Maria Tillez, dans la misère qu'elle s'imposait, on ne sait pourquoi...

Tous les mardi, elle se levait avec le jour pour se rendre au marché du bourg. De loin, les marchands apercevaient la silhouette noire de Maria qui se dirigeait vers eux. Madame Maria et son vélo, la petite vieille de la glacière, une légende sur la place du marché !

Elle garait son engin contre le banc sous le marronnier puis déambulait d'étal en étal, commentait à gauche et à droite la qualité de la marchandise, sifflait entre ses dents quand on lui annonçait le prix, quel qu'il fut.

Son tour d'inspection terminé, Maria se posait sur son banc, serrée dans sa veste bleue marine et attendait.

Les clients affluaient de toute part, achetaient sans discuter ce dont ils avaient besoin et s'en retournaient chez eux, leurs paniers débordant de produits frais.

Dans cette agitation commerciale, Maria détonnait. Elle ne bougeait pas, et n'avait aucun achat dans son panier. Elle gratifiait d'un sourire narquois les voisins qui lui montraient leurs courses.

Ils ne savaient pas conclure « d'affaires » comme elle, car il leur manquait une qualité essentielle, la patience.

Maria en avait à revendre quand il s'agissait de promotions, occasions, soldes...

A la fin du marché, tandis que les marchands remballaient leur matériel, Maria surgissait. Un sourire triomphant inondait son visage maigrelet, un sourire qui disait :

« Je vous l'avais bien dit que c'était trop cher ! »

Elle repartait ainsi chaque mardi midi, avec deux cageots de légumes et de fruits défraîchis qui n'avaient pas trouvé preneur. Pour un prix dérisoire, les vendeurs se débarrassaient de leurs invendus, et Maria retournait chez elle, persuadée d'avoir fait une bonne affaire.

Elle économisait sur tout, et quand elle se décidait pour un achat, il était à bas prix, peu importe qu'elle en ait besoin ou non, seul le prix avait un intérêt dans l'histoire. L'usage venait ensuite avec le temps.

C'est ce qu'il se produisit avec l'objet qu'elle dénicha chez « Le Floch et fils ».

Elle roulait sur son vélo rouillé, trouvé au bord d'un chemin l'année précédente, quand elle lut une pancarte : « Des prix fous sur les plaques funéraires ! »

Maria stoppa net son vélo. Cette promotion n'avait pas été mentionnée dans le journal local qu'elle feuilletait chaque matin en buvant son café chez sa voisine madame Dupuis. Elle entra chez Le floch et demanda à voir les fameuses plaques pour juger de leur qualité.

« Du marbre gris, gravé à la main et garanti à vie, madame ! » lui dit fièrement Le Floch.

Elle en repéra une qui lui plaisait particulièrement.

« Une affaire à ne pas manquer ! » lui assura le propriétaire des lieux.

Maria hésitait encore devant le prix, espérant une ristourne supplémentaire.

— Un décès dans votre entourage ? demanda le vendeur en prenant un air déconfit.

— Pas encore, répondit-elle énigmatique.

Surpris par la réponse, monsieur Le Floch bredouilla :

— Le modèle est indémodable, vous ne pouvez pas vous tromper...

— Si vous le dites ! De toute manière, elle servira un jour ou l'autre, non ?

Maria repartit avec une plaque proprement emballée, la fixa sur son porte-bagages et pédala en sifflotant, certaine d'avoir réussi une fois de plus, une bonne affaire.

La cousine Mélanie tomba brusquement malade, une vilaine toux lui coupait le souffle, la laissant exténuée. Elle avait perdu beaucoup de poids, ses yeux semblaient avoir rétrécis tellement ils étaient enfoncés dans leurs orbites. Ses mains fiévreuses et pâles tremblotaient sur sa poitrine, ses cheveux mal peignés collaient à son front.

Maria la regarda d'un air navré, la coiffa, changea les draps de son lit et lui fit boire un bouillon de poule.

Sur le chemin du retour, elle pensa à l'état de sa cousine et en conclut que Mélanie était au plus mal.

Cette constatation justifiait un crochet par la grange. Dans cette construction branlante de pierre et de bois, utilisée jadis pour entreposer le foin et le grain, étaient accumulées les affaires de Maria. Dans ce bric à brac où s'entremêlaient vieilles ferrailles, outils rouillés, meubles moisis et autres débris du temps, la vieille dame trouva la plaque de marbre.

Elle la porta avec difficulté à l'intérieur de sa longère et la posa sur la table de la cuisine.

Une fois l'objet déballé, elle examina la gravure, la pierre polie qui lui renvoyait son reflet. Elle soupira :

— Je savais qu'elle servirait un jour...

Le médecin viendrait sûrement lui annoncer le décès, il fallait attendre.

Sans nouvelles de sa cousine depuis deux jours, elle n'osait se rendre à son domicile de peur de se trouver face à la dépouille de la malheureuse, néanmoins, au matin du troisième, n'y tenant plus, elle enfourcha son vélo et se rendit chez la malade.

Les fenêtres étaient grandes ouvertes, une voiture rouge stationnait devant le portail du domicile de Mélanie.

Maria se précipita au chevet de sa cousine, se reprochant de n'être pas venue quand il était encore temps.

Arrivée à la porte de la chambre de la malade, Maria entendit des rires.

Elle découvrit en entrant, sa cousine au teint ravivé en compagnie d'une jeune femme qui se présenta comme une aide-soignante.

Mélanie avait l'air reposé, ses quintes de toux étaient moins nombreuses et son appétit avait réapparu.

Après s'être excusée de n'être pas venue les jours précédents, Maria repartit chez elle, dépitée.

Non seulement, Mélanie avait trouvé une garde-malade efficace envoyée par les bons soins du docteur Ledoux mais de surcroît, la plaque de marbre gris allait de toute évidence, rejoindre le tas de vieilleries qui encombraient sa grange.

« Dommage ! » songea-t-elle en caressant le marbre, « j'aurai aimé que les gens la voient. Une si belle plaque, pour une cousine éloignée... Ils n'en seraient pas revenus en apprenant le prix qu'elle m'a coûté ! »

Plusieurs jours passèrent, Mélanie, le visage recomposé par les bons petits plats de sa garde-malade, décida de rendre visite à Maria pour la remercier d'être venue à son chevet.

Elle portait un panier avec quelques pommes de son jardin et les restes du repas qu'avait préparé Sylvie.

Sur le chemin, elle s'arrêta chez madame Dupuis pour lui raconter ses péripéties médicales.

De son côté, celle-ci lui demanda des nouvelles de Maria qu'elle n'avait pas vue depuis plusieurs jours et qu'elle croyait à son chevet.

Légèrement inquiète, Mélanie pressa le pas jusque chez sa cousine, peut-être lui avait-elle transmis sa maladie. Elle serra contre elle son fichu de laine en pensant à Maria, probablement malade dans cette maison glaciale.

Elle tapa plusieurs coups à la porte de la longère, pas de réponse.

Les lumières allumées en pleine journée, lui firent penser que quelque chose de grave s'était produit. Elle appela, rien.

Elle ouvrit la porte d'entrée avec appréhension, inspecta les pièces de la maison, et toujours pas de traces de Maria.

Mais où pouvait-elle être alors que son vélo était adossé contre le mur du puits ?

Elle appela encore et toujours pas de réponse.

Après tout, Maria était peut-être partie en promenade et avait simplement oublié d'éteindre la lumière.

Mélanie posa le panier dans la cuisine, éteignit les lumières puis se décida à retourner chez elle, lorsqu'elle entendit une porte claquer...

La porte à double battant de la grange était ouverte et cognait contre le mur ; en s'approchant pour la refermer, Mélanie aperçût un chausson de laine dans lequel se trouvait un pied, au-delà duquel il y avait la jambe bleue de sa cousine. Mélanie ne cria pas. À son âge, quand on a toujours vécu à la campagne, à manier des outils, à soigner hommes et bêtes, on ne crie pas à la vue d'un corps sans vie. On s'agenouille et on prie en silence.

Elle se releva et nota dans son esprit les détails de la scène pour les relater aux pompiers qu'elle comptait appeler.

Sous le corps de Maria, une vieille échelle en bois. Le visage de sa cousine était à demi dissimulé par une plaque de marbre gris, portant une inscription « Repose en paix »

Sa cousine avait sans doute voulu vérifier le contenu de sa grange, était grimpée sur l'échelle, avait découvert cette plaque, avait tenté de la redescendre. Alors l'accident était survenu : Le marbre trop lourd lui avait glissé des mains, ou son pied s'était tordu sur un des barreaux de l'échelle. « La chute de l'échelle, le marbre sur la tête, voilà deux bonnes raisons pour y rester... » pensa Mélanie.

Mais dans quel but redescendre cette plaque funéraire alors que personne n'était mort ces derniers temps ?

Maria avait-elle eu le pressentiment de sa fin toute proche ? Mélanie se signa à cette pensée.

Elle se promit de lui faire apposer l'inscription « Repose en paix » sur sa tombe puisqu'elle la voulait tant.

Il fallait utiliser ce marbre gris, et non pas acheter une nouvelle plaque, Maria n'aurait pas aimé un tel gâchis.

TRAHISON

J'aimais quand il me tapait dessus. Cela durait seulement quelques minutes ou au contraire de longues heures, surtout la nuit. Il soupirait, soufflait comme s'il souffrait pour moi et il recommençait : Frappe, frappe, frappe.

À d'autres moments, il se plantait devant moi, et de loin, il me menaçait en brandissant son poing : « Je vais y arriver, tu vas voir ! » Que pouvais-je dire ? J'attendais de voir.

Le soir, nous installions face à face, il me scrutait, son menton reposant sur sa main gauche, puis recrachant une bouffée de cigarette, il me disait « Bien sûr ! C'est ça ! » Je ne comprenais pas ce qu'il voulait dire mais lorsqu'il reprenait la frappe, là, tout devenait lumineux.

De mot en mot, de phrases en phrases, nous avons tout partagé, ses pensées les plus secrètes, les inavouables, celles dont il avait honte. Un jour enfin, il a écrit le livre, avec un grand L. J'étais fière de lui, de moi aussi : Ne l'avais-je pas aidé à créer cette histoire ? À en tisser la trame tortueuse ?

Un de ses amis nous prit en photo ensemble, il posa sa main sur mes touches tendrement, sourit. C'était quelque temps avant son succès, nous étions ensemble, unis, il savait ce qu'il me devait.

Et il est arrivé, l'intrus.

Un ordinateur portable, au clavier silencieux, à la mémoire d'éléphant, et je fus placée sur le haut d'un vieux meuble, comme une potiche, en décoration.

J'observais leur petit manège, de loin : Il tapait et cette stupide machine ronronnait.

Au début, il passa des heures devant l'écran à le tripoter, sans ardeur, et bizarrement, avec le temps, il ne toucha plus au clavier, il fixait l'écran, le regard éperdu devant l'image blanche. Il avait perdu la passion, l'inspiration, il ne ressentait plus qu'un grand vide.

Parfois il se retournait vers moi, me lançait un coup d'œil, perplexe. Ah ! si j'avais pu lui faire un signe, lui faire comprendre que j'étais toujours là pour lui, qu'il n'avait qu'à me reprendre auprès de lui et que je lui offrirai tous ces mots qui lui faisaient cruellement défaut ! Mais pauvre fou ! Il ne comprenait pas que sa force, sa créativité, il la puisait en moi ; j'étais sa muse, la source de son écriture.

Il trouva alors une nouvelle compagne, une belle bouteille de scotch. De jour en jour, il passa plus de temps à la caresser qu'à toucher son clavier. Et rien ne vint, pas une ligne, pas un mot. Il se mit à parler tout haut à son ordinateur. Insultes, pleurs, cris de rage, rien n'y fit, Il ne réussissait plus à écrire. J'assistais impuissante à sa descente aux enfers, les affres de l'écran blanc, le silence de son âme...

Jeudi, il pleut. Il a jeté mon rival électronique par la fenêtre puis est resté prostré des heures, à la main : son unique livre publié. Soudain sans raison apparente, il a levé son visage vers moi, m'a regardé affectueusement et m'a dit : « Tu te souviens ? On a bien travaillé ensemble, hein ? Regarde ce que je suis devenu ! Une loque, incapable de pondre une seule ligne cohérente... » Il s'est relevé, s'est dirigé vers moi, si j'avais pu, j'aurai crié de joie. Il s'est saisi de moi, je sentis ses mains que je connaissais si bien, il marcha dans la pièce, hésitant entre la table et la fenêtre, écrire ou mourir ? Il me précipita dans le vide sans un mot.

Je suis à présent répandue sur le trottoir, mes rouages emmêlés dans les restes de l'ordinateur portable à me demander pourquoi il ne nous a pas donné une dernière chance.

IMMORTELLE

Elle courrait dans tout l'appartement, cherchant ses escarpins et sa veste de tailleur assortie à ses yeux lilas, tout en pinçant des boucles d'oreilles sur ses lobes.

Elle allait être en retard, mais ne put se résoudre à partir sans avoir terminé sa mise en scène.

Mise en scène.

Il s'agissait bien de cela. À quarante-six ans, la coquetterie de Catherine était devenue une activité à temps plein. Elle enfilait son costume de jeune débutante tous les matins pour jouer son rôle.

Il fallait se soucier de l'habillement, de la coiffure, du maquillage, du poids et comble de l'horreur, s'occuper des ravages du temps, et sa cohorte, de peaux ridées et sèches, de chairs qui se ramollissent, de kilos indélicats se posant précisément là, où il ne faudrait pas.

L'an dernier, elle avait dû à son grand regret abandonner le bikini, cette année, elle devrait se méfier du soleil. « Qu'allait-il se passer encore ! » pensait-elle en coiffant une dernière fois ses cheveux blonds.

Le matin, elle passait d'interminables moments à se masser le visage et le corps avec toutes sortes de produits miracles : crèmes anti-rides, anti-pollution, anti-cellulite, hantise...

Les séances de maquillage relevaient désormais de la restauration d'œuvre d'art, l'habillement du camouflage... En bon petit soldat de la guerre contre le temps, Catherine ne reculait devant aucun sacrifice.

Son mari la trouvait magnifique « pour son âge ». La phrase de trop, celle qui l'obligeait à retourner devant son miroir pour y dénicher la ridule qui avait déclenché cette réplique assassine.

Ce matin-là, alors qu'elle tournicotait comme une abeille affolée dans tout l'appartement, Catherine pensait à son rendez-vous vital : Une consultation chez le plasticien le plus en vogue de la capitale, Antonio... Quel prénom charmant !

Elle avait décidé de passer à la vitesse supérieure, le collagène, le lifting, la liposuccion. Catherine était prête à tout pour retrouver son allure de mannequin.

Durant le dîner, elle s'empressa de raconter à son époux les détails de son rendez-vous chez le plasticien.

— La liposuccion semble être très efficace, dit-elle en mastiquant un morceau de pain, tu te rends compte se débarrasser de toute cette graisse en un clin d'œil ! Pourquoi s'embêter avec les régimes, je te le demande !

— Tu es certaine que ce n'est pas dangereux ?

— Non ! Bien sûr que non ! Si c'était dangereux, tu penses bien que ce serait interdit !

— Hum ! fit le mari pensif.

— Je l'ai vu à la télévision : Ils font une incision dans la cuisse, là (elle se leva pour lui montrer l'endroit exact), et puis, ils enfoncent une espèce de tuyau pour aspirer la graisse. Ils la recueillent dans un bidon. Tu savais que c'était tout jaune, la graisse ?

Le mari la regarda écœuré, ce n'était plus son épouse qu'il voyait maintenant, mais un tas de saindoux. Elle avait mal choisi son moment pour raconter les détails de sa future opération.

— ...

— Tu m'écoutes ?

— Oui ! On ne pourrait pas changer de sujet ? J'avoue que pendant le repas, ça me coupe l'appétit...

— Oh ! Les hommes, vous êtes de petites natures ! Évidemment, on veut une femme jeune qui fasse de l'effet mais on ne veut pas savoir d'où vient le résultat !

— Tu as tout compris...

— Bon, je m'arrête. Je voulais te raconter le collagène mais je n'insiste pas, tu verras bien le résultat !

Elle sourit à la pensée de son visage lisse et rose comme celui d'un nourrisson.

Elle changea de sujet et demanda abruptement :

— Tu sais que Marina t'a vu sur le pont neuf, avec une vieille dame, à quatre heures... Tu n'étais pas au boulot à quatre heures ?

— J'avais un rendez-vous, je ne vois pas ce qu'il y a d'extraordinaire ! Tu me surveilles à présent ?

— Mais non ! Je me demandais juste pourquoi le pont neuf...

— Cette dame travaille sur un projet architectural d'envergure et je lui ai montré le pont, pour lui donner des idées... De toute manière, pourquoi je te parle de ça, tu ne m'écoutes déjà plus !

— Mais si ! Je t'écoute. Je pensais juste au lifting. Je me demandais si ce n'est pas trop tôt pour faire une telle opération. Tu trouves que j'en ai besoin ?

— Non.

— Tu n'es pas objectif, tu es mon mari.

— Pourquoi me poser la question dans ce cas !

— Je ne sais pas, besoin d'être rassurée peut-être...

Ils finirent le repas silencieusement, elle, perdue entre les mains expertes de son chirurgien, lui, à rêver de son nouveau projet.

« Quand je pense qu'elle est décédée d'un choc septique ! C'est dingue à notre époque !

— Oui, je l'avais pourtant prévenue. Ce type d'opération n'est pas sans risques.

Ils regardaient Catherine étendue dans son cercueil, la tête posée sur un coussin de soie blanche.

— On dirait qu'elle dort...

— L'embaumement fait des miracles. Elle y tenait beaucoup... Immortelle, comme sa fleur préférée.

— Tu sais que le résultat du collagène est incroyable ? dit la femme.

— Tu trouves ? répondit-il en s'approchant du visage de Catherine.

— Oui ! Je t'assure, sa peau est fine, sans rides... On dirait une peau de bébé. Touche ! Elle est d'une douceur.

— Non. Je n'y tiens pas.

— Excuse-moi... Je suis désolée. Je voulais juste rendre hommage à sa beauté.

— Ce n'est rien. Tu sais, elle passait tant de temps à s'occuper de son physique, le résultat est là.

— Je devrais faire sans doute pareil. Le temps passe vite, on ne s'en aperçoit pas mais il file.

— Ne dis pas de bêtises ! Le temps passe, c'est la règle du jeu. Pour Catherine, c'était devenu une obsession. A quoi bon, je te le demande ! A force d'admirer son nombril, elle n'a plus vu ce qui l'entourait... Tout ça, pour en arriver là.

— Au moins, elle n'a pas souffert.

— Non.

— Tu imagines, si elle avait su que tu la trompais...

— Avec une vieille !

— Tu exagères quand même ! Je n'ai que deux ans de plus qu'elle...

— Ce sont ces propres mots, une vieille sur le Pont Neuf...

LE CIMETIÈRE DES ÉLÉPHANTS

Ils étaient assis tous les cinq devant la télévision de la salle commune. Assis n'est pas le mot juste, avachis plutôt. Ils étaient comme des zombies, leurs yeux vides fixaient l'écran, avalant le programme que l'infirmière leur avait choisi, une émission sur les éléphants. Les éléphants qui s'en allaient seuls, mourir loin du regard de leurs congénères. N'était-ce pas ce qui leur arrivait à présent à ces cinq personnages ? N'étaient-ils pas là, pour mourir, en silence, à l'abri des regards ?

Violette eut un sursaut, comme si une main invisible s'était emparée d'une aiguille et l'avait piquée au derrière.

« Non ! Nous ne sommes pas des éléphants ! »

Les autres tournèrent leurs têtes mollement, l'observèrent comme si elle avait perdu la raison, ce qui était malheureusement le cas de la plupart des pensionnaires de cette maison de retraite,

« l'Ensoleillade », nom lumineux pour un endroit si sombre...

— Hein ? fit une petite vieille assise aux côtés de Violette.

— Le cimetière des éléphants ! Ils meurent seuls pour ne pas troubler la quiétude du troupeau. Nous ne sommes pas comme ces animaux !

— Non, bien sûr que non ! dit Alphonse, un vieil homme en costume gris.

— Que vous arrive-t-il Violette ? Ça ne va pas ? demanda un autre, prénommé Hugues, et qui ne se déplaçait plus qu'en chaise roulante.

— Au contraire, je vais très bien ! Je suis plus lucide que jamais.

— Le repas est peut-être mal passé, ces pâtes à la crème... Il n'y a que les Italiens pour digérer ce genre de chose, dit Poucette, une toute petite dame rabougrie, dont le surnom faisait sourire tous les pensionnaires.

Violette la regarda d'un air contrarié :

— Ce n'est pas le repas ! N'avez-vous donc pas d'autres sujets de préoccupation que ce qui atterrit dans votre estomac de vieille pie !

— Oh ! Violette ! Je ne vous permets pas de...

— Eh bien, moi, je me permets ! Nous sommes comme des poupées que l'on trimbale de la chambre à la salle à manger, et de cette salle à la télé pour enfin nous faire réintégrer la chambre ! Et vous me parlez du repas ?

— Calmez-vous, très chère ! Poucette n'a pas dit ça à mal, elle se souciait de vous, voilà tout ! dit Hugues.

— Cependant Violette a raison, commença Amélia qui s'intéressait à la tournure que prenait la conversation, on peut dire que l'on s'ennuie à mourir dans cet endroit. On ne nous demande notre avis sur rien, alors que je vous rappelle que ce sont nos retraites qui paient les factures !

Cette Amélia avait un sacré caractère. Elle était la bête noire du personnel de l'Ensoleillade, elle avait trouvé en Violette une amie, un alter ego, les jambes en plus, car Amélia ne marchait plus depuis longtemps.

— Très juste Amélia, approuva Violette, on se fout de notre opinion dans cette maison ! Il faut que cela change ! Je refuse d'être comme ces éléphants qui meurent bien gentiment sans déranger les autres. Ah ! Non ! Pas après la vie que j'ai eue ! Une vie à se battre, à garder la tête haute.

Amélia, Violette, Alphonse, Poucette et Hugues se regardèrent, un sourire en coin, une lueur de vie au fond de leurs prunelles. Ils commencèrent à scander en cœur :

— Une autre chaîne ! Une autre chaîne ! Une autre chaîne

Leurs voix chevrotantes au départ, se firent plus fermes, plus fortes, ils répétaient inlassablement :

— Une autre chaîne !

À l'unisson.

Entendant le vacarme qui provenait de la salle commune, une aide soignante vint en courant, se planta devant le petit groupe et d'un air effaré demanda :

— Ben, qu'est-ce qui vous arrive aujourd'hui ?

Violette prit la parole :

— Nous voulons regarder une autre chaîne ! On en a marre des documentaires sur les animaux !

Le ton employé, volontairement désagréable, fit sourire ses amis, par contre l'aide soignante se préparant à répondre, eut le visage tordu par une grimace de mécontentement :

— Des exigences ! Madame veut choisir son programme, ben voyons ! elle leva les yeux au ciel comme si la demande de Violette était incongrue.

— Oui. Et alors ? Qu'y a-t-il d'étrange à cela, ma petite ?

— Je ne suis pas votre petite !

Le ton montait, la jeune femme était à présent agacée par cette conversation qui s'éternisait à peu trop à son goût.

— On vous a choisi un joli documentaire sur les animaux, pour vous détendre ! Sur les autres chaînes, il n'y a que des trucs violents !

— Violents ? Et nous obliger à pisser dans des couches, ce n'est pas violent peut-être ?

La femme ne sût que répondre. Ses mains qui étaient posées sur ses hanches, dans la position de la cheftaine, retombèrent le long de son corps mou. Elle tourna les talons pour aller chercher du renfort, pressentant une rébellion.

— Bravo ! dit Alphonse, vous lui avez rivé son clou !

— Ah oui ! C'est bien vrai, elle est partie sans demander son reste.

Ils la regardaient tous admiratifs. Violette semblait pourtant mécontente :

— Elle n'a pas changé de chaîne pour autant...

Ils recommencèrent leur sérénade :

— Une autre chaîne ! Une autre chaîne !

En cadence.

La responsable administrative arriva, flanquée de l'aide-soignante.

— On m'a expliqué que vous aviez un petit souci. Le repas n'est pas passé, on est fatigué ? Une petite sieste et...

— Non. Le repas est bien passé. Vous n'avez pas à me parler sur ce ton infantile ! Nous voulons, mes amis et moi-même, regarder un autre programme, voilà tout !

— Oh ! fit l'autre d'un air choqué.

— Ben, vous attendez quoi, l'arrivée de la mousson ?

La femme prit la télécommande et s'exécuta :

— Tenez un film policier, avec des meurtres, de la violence... Si vous faites des cauchemars cette nuit, vous ne viendrez pas pleurer !

— Nous avons passé l'âge, ma chère, d'avoir peur du noir, mais merci tout de même !

Violette se tourna vers l'écran, ses amis firent de même. Les femmes restèrent quelques instants ne sachant que répondre, et préférèrent battre retraite.

— On les a eues, finalement, chuchota Poucette

— Oui, et ce n'est qu'un début...

Ils regardèrent le film jusqu'à la fin, et pour la première fois depuis longtemps, leur nuit à chacun fut plus calme, plus douce, remplie de rêves de liberté.

Les jours qui suivirent, la nouvelle se répandit comme la peste de chambre en chambre, chez les pensionnaires mais également parmi les membres du personnel. Violette devint une espèce de vedette, ou de bête étrange, sauvage, indomptée. Elle incarnait la révolte, l'espoir, le courage : Des valeurs oubliées à l'entrée de la résidence.

À la demande de l'infirmière, le médecin vint ausculter le phénomène pour s'assurer que le mental n'était pas atteint : Un Alzheimer, une sénilité, une dépression. Rien de tout cela. Violette était en meilleure forme qu'à la précédente visite, sa tension était même retombée.

Violette comme ses amis avait repris goût à la vie. On les entendait chantonner dans les couloirs, réclamer une promenade, se plaindre, se défendre...

Avec le temps, nos compères prirent de l'assurance, et décidèrent de s'organiser.

— Si l'on veut plus de droits, plus d'humanité, plus de respect, nous devrons nous battre ! lança Violette.

Les autres approuvèrent en applaudissant. Les réunions comptaient désormais l'ensemble des résidents qui avaient conservé toute leur tête, assez pour se révolter du sort qu'on leur avait réservé.

— Mais comment ? demanda la craintive Poucette.

— Il faut élire un représentant des résidents ! dit Alphonse.

— Ceux qui travaillent ici ont des élus, nous devons avoir les nôtres ! ajouta Hugues.

— Je propose pour cette tâche Violette. Elle est à l'origine de ce mouvement, elle est donc la personne idéale, annonça Amélia.

Sous les applaudissements, Violette se leva puis expliqua :

— J'accepte cette mission mais il faudra de la patience, tout ne peut-être changé en un jour. Il va falloir de la diplomatie, de la fermeté, elle hésita, l'assemblée resta suspendue à ses lèvres attendant comme des enfants sages la suite de son discours, ... et votre soutien à tous !

— Notre soutien ? s'inquiéta Poucette.

— Violette a raison, elle ne peut tout de même pas se battre seule face à l'administration, aux infirmières, aux aides soignants... Et devrai-je ajouter aux familles ! dit Hugues.

— OUH ! huèrent les résidents.

— Silence ! ordonna Violette, un peu de calme ! Oui, nous devrons faire face à tout cela mais nous ne nous arrêterons pas pour autant ! Il y va de notre liberté, de notre dignité, du respect dû à chaque être humain !

— Que proposez-vous ?

— Que chacun dresse une liste de ses revendications ! Je pourrai ainsi choisir les thèmes de notre action selon les besoins de tous. Il y a des domaines où nous ne pourrons agir, d'autres qui nous serons acquis très facilement... Du moins je l'espère !

Tandis que Violette terminait son discours, une aide soignante annonça l'heure du goûter, le silence s'installa comme par magie. Néanmoins, tout en mâchonnant leurs biscuits secs, ces vieux, ces oubliés, ces radoteurs, réfléchissaient à leur liste de revendications.

« Autre chose que des gâteaux secs au goûter. » souhaitait Poucette.

« De la musique... » pensait Alphonse.

« Des horaires plus libres. » songeait Violette.

« Un professeur de gym, des séances chez l'esthéticienne, de la thalassothérapie... » imaginait Amélia, la coquette.

« Une vie ailleurs ! » rêvait Hugues.

Le jour suivant Violette reçut de chacun sa fameuse lettre de revendications : Certaines étaient farfelues tels des caprices d'enfants, d'autres réclamaient que leurs droits élémentaires soient respectés.

Violette fit le tri, et stylo en main dressa une liste de revendications qui pourraient aisément être défendues. Toutefois, elle conserva quelques futilités comme la variété des menus aux goûters et le professeur de gymnastique. Elle se souvint que la vie n'était pas faite que de choses sérieuses, que la joie, les petits plaisirs simples permettaient à l'esprit de se détacher de la gravité de l'existence.

Elle prit la parole en fin d'après-midi afin d'annoncer les mesures qu'elle allait défendre :

— Mes amis, j'ai lu attentivement toutes les lettres qui me sont parvenues. Je voulais vous remercier pour votre participation et votre soutien. Comme je l'avais expliqué précédemment, je ne pourrai défendre chacune de vos réclamations mais le climat dans cette maison devrait s'améliorer au point qu'aucun de vous n'aura à s'en plaindre, ni à se sentir exclu.

Applaudissements discrets pour ne pas attirer l'attention des employés de la résidence.

— J'ajouterai que ma tactique se fera sur deux plans : D'une part, la défense de nos droits essentiels, nos droits naturels, d'hommes et de femmes libres et égaux !

— Bien dit ! lancèrent certains.

— Ces droits acquis à notre naissance, le sont jusqu'à notre mort, or jusqu'à preuve du contraire nous sommes encore de ce monde !

— Quoiqu'on puisse en douter parfois, plaisanta Amélia.

— Vous n'en douterez plus bientôt ! promit Violette.

— Et quels sont ces droits dont vous parlez ? demanda une femme au fond de la salle.

— Il s'agit de la liberté d'aller et venir, sur simple requête du résidant...

— Et ?

— Le respect de la personne humaine ! Nous ne pouvons plus tolérer la façon de nous parler ici, de mettre à mal notre intimité, de nous imposer des choix qui ne nous conviennent pas comme cette histoire de télévision !

— Bien ! dit Alphonse.

— La seconde chose que je vais défendre, c'est une qualité de vie ; je m'explique : Certains réclament plus de variété au niveau des repas, cette demande est défendable d'un point de vue diététique. De même, la requête à propos d'un professeur de sport est une idée splendide, elle permettra à certains de retrouver une certaine tonicité et un meilleur moral. Nous avons à notre disposition des organismes pour nous défendre, des gens qui seront à même d'inspecter cet établissement. La menace de ce contrôle impromptu sera pour nous une arme que nous

brandirons pour défendre les droits les plus importants...
Voilà, j'ai résumé mais je pense que vous avez tous
compris qu'il reste beaucoup à faire...

— Bravo Violette ! Bravo ! acclamèrent les
pensionnaires.

Le soir venu, Violette installée dans sa chambre, écrivit
une pétition reprenant les revendications des résidants.
Elle irait la faire signer par tous les pensionnaires même
ceux qui ne pouvaient plus donner leurs avis, car elle savait
que ceux-là également auraient voulu défendre leurs droits.

Le lendemain Violette se leva tôt, s'habilla rapidement,
regarda son reflet dans le miroir pour s'assurer que son
image était parfaite. La lettre en main, elle frappa à la porte
du bureau de madame Lecornu, Yvonne de son prénom :
Yvonne la faux-cul pour les résidents. Toujours affable et
prévenante avec eux en présence des familles, Yvonne
reprenait son ton cassant dés leur départ.

Lorsque que Violette entra dans son bureau, Yvonne
réajusta ses lunettes, surprise de la voir pénétrer dans son
sanctuaire.

— Violette, que se passe-t-il ?

— Bonjour, Yvonne !

— Madame Lecornu, je préfère...

— Vous m'appelez par mon prénom, il me semble ?

— Pour que l'ambiance soit plus conviviale j'appelle
tous les pensionnaires par leurs prénoms !

— Eh bien, soyons donc plus conviviales, chère Yvonne !

L'autre se raidit, néanmoins se tut et écouta son interlocutrice.

— Voilà une pétition signée de la main de chacun des résidants.

Violette lui tendit la feuille.

— Cette liste reprend nos revendications principales. Veuillez la lire, je vous prie.

Madame Lecornu parcourut le document et lança mauvaise :

— C'est ridicule ! elle se mit à ricaner.

— Je ne vois pas ce qu'il y a de risible !

— Ridicule ! Je n'ai jamais rien entendu d'aussi grotesque : Les droits fondamentaux... Un prof de gym, des gâteaux à la crème...

— La vie est trop monotone dans cet établissement et...

— Ce n'est pas de la monotonie ! Il est vital que nous ayons ici un cadre de vie stable, rassurant, avec des horaires fixes. Des repères, voilà ce qu'il nous faut !

— Nous ne sommes pas à l'armée ! Un peu de flexibilité, voilà ce que les résidents réclament !

— Flexibilité... un mot à la mode.

Droite derrière son bureau, Madame Lecornu fixait Violette comme une élève passant un examen de fin d'année.

— Le respect de la personne humaine...

— Nous respectons les personnes qui sont chez nous, d'ailleurs nous avons signé des chartes à ce sujet, dit-elle guillerette.

— Oui ! Le genre de charte que vous mettez sous le nez des familles pour les rassurer, afin qu'ils mettent en dépôt leur colis encombrant ! explosa Violette qui ne supportait plus le calme poli d'Yvonne.

— Vous êtes amère, Violette, je le comprends. Cependant, si vous en voulez à votre famille de vous avoir mise en pension chez nous, ne rejetez pas cette faute sur nous, nous n'y sommes pour rien.

Le ton empli de compassion plongea Violette dans une profonde tristesse.

— Oui, je leurs en veux, mais mon maintien à domicile n'était pas possible non plus...

Violette se perdit dans ses pensées quelques brefs instants mais consciente de sa responsabilité envers ses amis, reprit de plus belle sa plaidoirie :

— Ne changeons pas de sujet, je vous parle de l'ensemble des pensionnaires, et pas seulement de moi !

— Oui, je vous écoute, dit Madame Lecornu d'un ton las, tapotant son stylo sur son carnet de rendez-vous.

— Le ton employé pour s'adresser à nous ressemble fort à celui utilisé pour les enfants, or nous sommes des adultes. Il est vrai que vous abusez des couches, forçant certains à les porter... D'autre part, nous n'avons pas toutes nos dents, vous vous évertuez pourtant à nous donner des gâteaux secs au goûter. Nous perdons nos facultés de réflexion par manque de stimulation, par ennui, par désespoir ! Ne voyez-vous pas ce que vous nous faites ?

— Mais, tenta la femme pour défendre son point de vue.

— Nous, les vieux, les fripés, les radoteurs, nous sommes le reflet de ce que vous allez devenir un jour. Vous avez peur de nous, nous vous dégoûtons ! N'oubliez pas ce que nous avons été : Des travailleurs, des parents, des amants, nous nous sommes battus pour vous donner le pays dans lequel vous vivez. Nous vous avons donné la vie, donnez-nous ce qui nous revient de droit, une fin de vie paisible et digne ! Je dis bien une vie et non pas un sursis, une attente de la mort ! Si vous refusez d'étudier les revendications qui sont là ! (Violette planta son doigt sur la lettre que tenait encore Yvonne Lecornu) Eh bien, nous vous rendrons la vie impossible ! Ce sera un enfer que vous n'osez pas imaginer : À chaque instant, il y aura des cris, des caprices, des bêtises, comme de mauvais garnements. Vous voulez des enfants dociles ? Vous aurez des enfants terribles ! Et si cela ne suffit pas, nous nous plaindrons à nos familles, aux associations, aux journaux, à l'administration... Fini les nouvelles inscriptions ! Des abandons de chambres, des amendes, des subventions en chute libre, dois-je poursuivre ?

— Je... Je ne sais quoi vous répondre ! Que voulez-vous exactement ?

— Nous ne voulons pas finir comme les éléphants !

IRIS

Les deux policiers lui offrirent un siège. Elle prit place et attendit. L'un des hommes mâchouillait un chewing-gum en la dévisageant, tandis que l'autre installait une feuille sur une vieille machine à écrire, de celles qui sonnent à chaque fin de ligne.

— Bon. Je suis prêt... Alors Nom, prénom, adresse ?

— Mirepoix...

Le policier au chewing-gum-gum pouffa. Elle lui lança un regard noir et reprit :

— Iris... 12, Rue des ânes.

Il s'esclaffa :

— Des ânes ! Elle est bonne, hein Roger ?

Roger tapait avec ses index, concentré sur sa feuille, il répondit :

— Iris Mirepoix, pour délit de voyeurisme... Celle-là est bonne, hein Pierrot ! ils rirent ensemble.

Iris ne riait pas.

— Désolé, madame, mais des affaires comme les vôtres, on n'a pas ça souvent... Bon, continuons !

Pierrot se chargea de l'interrogatoire et Roger fixa son attention sur sa machine.

— Votre voisin, monsieur Pitrillo est venu se plaindre de votre fâcheuse manie de regarder chez lui, à toute heure du jour et de la nuit.

— Oui, et alors ? Si j'ai envie de regarder par ma fenêtre, c'est mon droit, non ?

— Mais surveiller vos voisins...

— Je regarde dehors, j'vous dis ! Je surveille pas, c'est votre boulot, ça !

— Pitrillo n'a pas l'air d'accord avec votre interprétation : Il vous a traitée de, je cite : Curieuse, vicieuse, timbrée... lut Pierrot.

La femme bondit de son siège, les yeux exorbités :

— Vicieuse ? Moi, vicieuse ? L'hôpital qui se fout de la charité !

— Asseyez-vous ! ordonna Roger.

Elle reprit son siège d'un geste brusque, et s'y laissa tomber de tout son poids.

— Avez-vous des choses à nous dire ?

— Ben, le vieux Pitrillo... Ben, c'est lui le vicieux si vous voulez mon avis !

— Cet homme a l'air d'un monsieur sérieux.

— Sérieux ? Vous rigolez ! Pas trois semaines que sa femme est couchée au cimetière que déjà, sa poule s'installait dans son lit ! C'est du sérieux, ça ?

— Une poule ?

— Mais oui, la vieille Fetuccini !

Les deux flics se regardèrent interloqués, Roger demanda à son collègue :

— Fetuccini, c'est pas un nom de pâtes ?

— Je crois qu'oui ! C'est bizarre comme nom, ma grand-mère maternelle était italienne, elle s'appelait...

— Eh ! Ho ! Si je vous dérange faut le dire ! s'énerva Iris.

— Euh ! Oui, désolé, reprenons... Donc la vieille Fetuccini débarque chez Pitrillo et ? répéta Pierrot.

— Et bingo ! Ils couchent ensemble, vous rendez-vous compte à leurs âges ! C'est répugnant !

— Soixante-dix ?

— Et le pouce ! Deux vieux rogatons, ensemble, collés comme de la glu, beurk !

— Ben, l'amour n'a pas d'âge... J'espère avoir autant de santé. (les yeux au plafond, Roger semblait évaluer ses chances.)

— Et alors, où est le mal ? Cela ne vous autorise pas à les mater ! Vous êtes perverse ou quoi ? Pierrot ne comprenait pas pourquoi la prévenue perdait son temps à observer deux vieux qui faisaient l'amour chez eux.

— Monsieur le policier, j'ai cinquante-trois ans, je vis seule depuis mon divorce et jamais, je dis bien jamais, je ne fais ce que ces gens font, non jamais !

— Vous devriez peut-être au lieu de regarder comme une malade, vous êtes pas nette !

— Pierrot, du calme ! Madame a le droit de s'expliquer... il lui fit un clin d'œil.

— Oui, c'est sûr, veuillez m'excuser.

— Mouais ! Ce qui m'a mis la puce à l'oreille, c'est au début, quand madame Pitrillo est morte... Une dame bien, enfin ! J'étais à la pharmacie, derrière Pitrillo, et qu'est-ce que j'entends, je vous le demande ?

— Non, c'est nous qui vous le demandons, dit Pierrot tandis que Roger masquait son visage hilare.

— Eh bien, il a dit qu'il voulait une boite de Viagra.

— Du Viagra ?

— Ouais ! Incroyable, non ?

— Ben, à son âge, le Viagra a toute son utilité.

— Moi, j'ai pensé qu'il y avait quelque chose de louche là-dessous : Un homme qui vient de perdre son épouse qui se précipite à la pharmacie acheter du Viagra, c'est une affaire pas très catholique.

— Et ?

— Et rien, j'ai attendu d'en savoir plus, et j'ai réussi ! Je suis très bonne en déduction, en enquête, ce sont tous ces policiers que je regarde à la télé...

— On voit que vous avez une certaine suite dans les idées, bien que je ne comprenne pas du tout où vous voulez en venir, dit Roger.

— La coiffeuse, c'est chez elle que j'ai appris la suite ! Une source inépuisable d'information, vous devriez y faire un tour de temps en temps.

— T'as entendu Roger ?

— C'est ma femme qui me coupe les cheveux. répondit l'autre.

— Y'avait la vieille Fetuccini chez la coiffeuse, elle avait sa couleur à faire. Je me suis assise à côté, par hasard, je ne savais pas encore qu'elle fricotait avec le vieux Pitrillo. Elle a dit qu'elle avait aimé Pitrillo toute sa vie, qu'elle l'avait attendu tout ce temps, que la mort de son épouse était arrivé bien tard dans leur vie mais qu'elle comptait rattraper le temps perdu !

— Non !

— Si ! Aucune parole de compassion pour cette chère madame Pitrillo, rien ! J'étais choquée, j'aimais beaucoup cette dame, mais je me suis tue pour écouter la suite...

— Un riche idée ! dit Pierrot qui attendait la suite impatiemment.

— Elle a expliqué que dans leur jeunesse, Pitrillo lui avait préféré une autre et l'avait épousée, elle pensait que c'était sa famille qui avait insisté, mais pour ma part, je vous dis que madame Pitrillo avait une certaine classe et un très grand cœur, pas comme cette vieille bique !

— Et ?

— Et, je pense que si cette peau de vache est restée vieille fille pendant des années, il doit y avoir une bonne raison ! Cette histoire de cœur brisé, de vierge énamourée, de la rigolade ! On ne voit ça que dans des romans à l'eau de rose !

— Comme dans traversée sur Le fleuve de la passion ou La rage de l'amour ? dit Roger, ce qui lui valut un regard étonné de son collègue.

— Oui, vous avez mis dans le mille ! Deux très bons livres mais dans la vraie vie, ça ne se passe jamais comme ça. Regardez-moi ! Je suis encore jeune, pas trop vilaine non plus, eh bien je vous dis que si je rencontre un monsieur bien, je l'épouse et puis voilà ! Je ne passerai pas ma vie à pleurer sur le retour de mon ex-mari...

— Et alors la Fetuccini ? questionna Pierrot.

— Elle a dit que Pitrillo prenait du Viagra, qu'elle lui avait demandé de faire un effort vu qu'elle était vierge. Paraît qu'au début, il a hésité, en parlant de leurs âges respectifs mais elle lui a fait le coup de la culpabilité, en lui expliquant qu'elle était restée vierge pour lui toutes ces années.

— Cela donne à réfléchir, une vierge de soixante-dix ans, ça court pas les rues !

— Alors lui, il a été d'accord, il a pris du viagra et hop !

— Mais à son âge, le Pitrillo, c'est peut-être mauvais pour son cœur, ça pourrait le tuer ! dit Roger

— Surtout qu'ils s'y donnent à cœur joie, dans toute la maison, à toute heure du jour et de la nuit ! Quant aux positions... Ben, j'vous dis pas !

— Ne soyez pas si prude, nom d'un chien ! Nous sommes de la police, on en entend des vertes et des pas mûres, vous pouvez tout nous dire, dit Roger avec impatience.

— Elle va le tuer, j'vous dis ! La brouette russe, la roue indienne, le tatami japonais... Le tour du monde à eux deux !

— Le tatami ? Je connais pas ça, et toi, Roger ? demanda Pierrot perplexe.

— Non, je connais pas, je suis pas très chinoiserie...

— Vous allez les surveiller, hein ? C'est pas clair cette histoire.

— Pas clair, du tout. Deux vieux qui s'envoient en l'air sous l'œil attentif de leur voisine, je dirai qu'il y a délit...

— Je savais que vous comprendriez ! s'exclama la femme soulagée.

— Délit de voyeurisme caractérisé !

MÉMÉ A DU POIL AUX PATTES !

J'ai quinze ans, je suis jolie, très jolie même, c'est ce que me dit toujours ma grand-mère. Elle aussi est jolie, pour son âge. Sûrement que jeune, elle avait plein de succès avec les mecs, jusqu'au jour où elle a épousé papy, parce qu'après, il ne fallait pas qu'elle se pomponne de trop. Papy était jaloux.

Maintenant papy n'est plus là, alors des fois elle recommence à se pomponner. Ça fait drôle de la voir maquillée avec le rouge à lèvres, le coup de crayon noir sur les paupières, et puis la poudre sur les joues. Mamie dit qu'il ne faut pas en mettre trop pour ne pas gâcher l'effet recherché. Je ne suis pas sûr qu'elle sache quel effet elle recherche...

Je m'habille toujours en jeans, longs qui retombent sur mes baskets, et puis des pulls informes qui cachent le bout de mes mains. Je suis à l'aise comme ça, même si maman me dit qu'on dirait un garçon ; je m'en fous, j'aurai aimé être un garçon, il y a rien de mal à ça, non ?

Des fois, je me cache dans le couloir pour écouter les parents qui discutent dans le salon. C'est fou ce qu'ils se racontent quand je ne suis pas là ! C'est très instructif.

L'autre soir, ils parlaient de mamie ; mamie c'est la maman de mon père. Lui, il la surveille, depuis que papy n'est plus là. Il a peur qu'il lui arrive quelque chose, qu'elle s'en aille, elle aussi.

— Tu crois qu'elle a quelqu'un ? demanda papa.

— Et alors ? Il n'y a rien de mal à ça ! dit maman.

— C'est sûr, c'est pas de ta mère qu'on est en train de parler !

— Ce n'est pas pareil.

— Bien sûr !

Papa a l'air fâché.

— Quoi qu'il en soit, tu devrais en parler avec elle, ce n'est pas marrant de se cacher de ses enfants.

— J'ai peut-être pas envie de savoir ce qu'elle fait de son temps libre !

— Ne soit pas stupide ! Ta mère est adulte, elle a droit de fréquenter quelqu'un, elle est encore bien pour son âge...

Je suis entrée dans le salon, enfin, j'ai déboulé dans le salon serait plus réaliste !

— Elle ne peut pas avoir un fiancé, mamie a du poil aux pattes !

Mes parents surpris de mon entrée fracassante, ont éclaté de rire, je les comprends, pourquoi suis-je allée parler de la pilosité de mamie, je me le demande encore...

En tous cas, ma petite sortie a détendu l'atmosphère entre mes parents. Mon père m'a même dit :

— Mamie peut avoir un fiancé avec ou sans poils, du moment qu'elle est heureuse.

Maman lui a souri, l'air de dire « tu vois quand tu veux ! »

Du coup, le doute planait, pas sur les poils de mamie, ce n'est qu'un détail mineur dans cette histoire, non, je parle de cette histoire de fiancé. J'ai décidé d'enquêter. J'adore enquêter, vous l'ai-je dit ? J'invente des mystères, j'imagine des histoires abracadabrantes et je démasque le coupable après de longues et périlleuses investigations. Seulement ce soir là, j'ai réalisé que cette enquête était une véritable histoire, celle de ma grand-mère. J'allais donc démasquer le fiancé et le confondre !

Suivre ma grand-mère dans la rue, c'est hyper facile ! Elle déambule toujours dans les mêmes rues, fait ses courses dans les mêmes magasins, discute avec les mêmes personnes, tous les jours à heure fixe.

Au bout de quelques jours, pour un détective de mon envergure, cette filature devient un peu monotone. Je suis déçue lorsque je la vois rentrer dans son immeuble, et qu'il ne s'est rien passé de spécial. Je prends des notes, au cas où ! L'heure à laquelle elle sort, le nom des commerçants avec qui elle bavarde, les détails de ses achats dans l'hypothèse où elle ferait des courses pour deux ! Et oui, que croyez-vous ? Je pense à tout, rien ne m'échappe ! J'ai pensé que ce serait super de la mettre sur écoute, elle adore téléphoner, mais je n'ai pas le matériel pour faire ça. Tant pis, j'ai une autre idée en réserve.

Tout d'abord je vais fouiller sa boite aux lettres et puis, aller la questionner, l'air de rien...

C'est pratique d'avoir de longues mains fines, j'arrive à les faire entrer tout entières dans la fente de la boite aux lettres. Ce serait pas très cool si elles restaient coincées à l'intérieur. Je sens l'épaisseur du papier, une grosse enveloppe. Je vais la prendre du bout des doigts. Et hop ! Je l'ai.

Alors voyons... Tiens une lettre de Paris ! Expéditeur : madame Angel Frida. J'ignorais que mamie connaissait du monde à Paris. Je l'ouvre ou pas ?

Ou pas. Je ne peux pas faire ça, c'est mal et puis mamie s'en rendrait compte. Non, je vais attendre qu'elle l'ait ouverte, ensuite je la lirais en cachette, c'est mieux. Après tout, c'est ce que fait maman avec mon courrier, bien qu'elle s'imagine que je ne m'en suis pas rendue compte, les adultes sont si naïfs parfois...

Je sonne chez mamie. J'entends ses pas, ils s'arrêtent devant la porte. Elle regarde à l'œil de bœuf, elle voit que c'est moi, elle ouvre.

— Bonjour ma chérie ! Qu'est-ce que tu fais là ? dit mamie en se recoiffant.

— Juste un petit coucou... Je te dérange ? je lance un regard circulaire dans l'appartement pour voir si elle est seule. Elle l'est apparemment.

— Non, bien sûr que non ! Je m'apprêtais à déjeuner, tu manges avec moi ?

— Euh... oui. Tiens mamie, tu avais une lettre dans ta boîte !

Elle me remercie, l'ouvre rapidement, la parcoure et puis va la ranger en haut de son bahut. Elle a un air tout drôle.

Tout en l'aidant à mettre le couvert, nous discutons de tout et de rien et puis, je fais dériver la conversation vers l'amour, le passé, le romantisme, pleins de trucs comme ça.

— Tu es amoureuse, ma chérie ? me demande mamie.

— Moi, non ! Je suis encore jeune pour m'attacher à un garçon.

— Et oui, on est trop jeune ou trop vieille.

— Tu n'es pas trop vieille.

— Tu es gentille... De la salade, ça te va avec ta viande ?

— Oui, très bien. Tu te trouves trop vieille ?

— Pour la salade ?

Elle est maligne, elle tente de changer de sujet mais c'est sans compter sur mon talent de détective, je sais cuisiner les suspects.

— Trop vieille pour l'amour !

— Oh ! je ne sais pas, tu sais les hommes se bousculent à ma porte et...

Elle essaye l'humour, mais cela ne marchera pas avec moi !

— Des hommes comme qui ?

— Le facteur, le concierge, par exemple ! elle rit en tournant sa salade, elle rit mais je sens qu'elle est gênée. Elle me cache quelque chose.

— Tu as du poil aux pattes, mamie ?

— Bien sûr que non, quelle drôle d'idée !

— C'était pour savoir, comme ça...

Elle est fine, et cache bien son jeu, mais je vais trouver un autre moyen pour en savoir plus. Si mamie recommence à se raser les gambettes, c'est sûrement pour quelqu'un, mais qui ?

Pendant qu'elle nettoie la cuisine, je fouine dans son appartement. Tout semble comme d'habitude, je ne vois aucun détail particulier. Je m'approche du téléphone, un carnet d'adresse est posé à côté. Je l'ouvre en surveillant mamie du coin de l'œil et trouve le numéro de la fameuse Frida de Paris. Je le note dans mon carnet d'enquêteur, au cas où.

Je vais au salon, j'attrape la lettre en haut du buffet. Je suis sur le point de la sortir de l'enveloppe... et zut ! Mamie arrive avec le café. Juste le temps de la remettre en place et de sauter sur le canapé en prenant un air innocent.

— Rien de neuf mamie ?

— Non, le train-train et toi, l'école est finie, tu as prévu quelque chose pour les vacances de la Toussaint ?

— Eh bien oui, je suis sur une enquête...

— Ah oui, tes enquêtes ! Quelle imagination ! Tu écriras des livres plus tard.

— Peut-être, une belle histoire d'amour par exemple.

— Je te vois plutôt dans le genre policier.

— Les deux sont parfois liés.

— C'est vrai, le mystère et l'amour.

Je n'ai pas eu beaucoup d'informations aujourd'hui, mais je n'ai pas dit mon dernier mot.

Je me suis levée ce matin avec une idée en tête : Découvrir qui est la mystérieuse Frida. J'ai questionné les parents, ni l'un ni l'autre ne connaissent cette personne. Je vais donc lui téléphoner, tout simplement.

Je compose le numéro, j'avoue que je tremble un peu. Je ne sais pas comment m'y prendre pour avoir des renseignements tout en restant discrète. Je vais improviser, comme toujours.

— Allô ! Madame Angel ? Madame Frida Angel ?

— Oui... C'est qui ?

Elle ne reconnaît pas ma voix, normal, elle ne l'a jamais entendue. Une idée perverse me passe par la tête.

— C'est Lucie, je t'appelle de Lyon ! (Lucie, c'est ma grand-mère.)

— Quelle joie de t'entendre ! Tu as reçu ma lettre ?

— Oui, j'ai été très émue de la recevoir...

— C'est normal après toutes ces années...

— J'avais ton numéro de téléphone depuis longtemps et...

— Et tu n'osais pas appeler, oui, je sais, tu me l'as expliqué dans ta lettre, je comprends et je ne t'en veux pas. Je suis contente d'entendre ta voix, ça fait si longtemps !

— Ta voix est la même.

J'y vais un peu fort ! Bon, comment connaître le contenu de la lettre, je suis, enfin, ma grand-mère est supposée l'avoir lue !

— Ta lettre est un peu, comment dire, floue, je n'ai pas compris...

— C'est mon écriture, hein, c'est ça ?

— Oui.

— Je ne vois plus très bien, j'ai du mal à écrire et à lire, je suis navrée, elle tousse, euh, tu veux quoi ?

— Répète-moi les détails de ton courrier, à mon âge...

— Ne m'en parle pas ! On vieillit et on est même plus capable d'écrire ! elle rit, bon... suite à ta lettre, je t'ai raconté le fin mot de l'histoire sur Franck, je sais que cela a du te faire un choc ...

— Oui, euh, un énorme choc !

— Franck habite maintenant à Lyon, rue des alouettes, au 10. Tu peux lui écrire ou même aller lui rendre visite, il vit seul à présent.

— Oh !

— Oui, d'ailleurs je suis certaine qu'il sera content d'avoir de tes nouvelles, je ne lui ai rien dit comme tu me l'as demandé, j'ai bien fait ?

— Oui, tu as bien fait. Je te remercie Frida, je vais le contacter dés maintenant.

Je raccroche le téléphone, le mystère s'épaissit, grand-mère est en relation avec cette Frida quelle n'a pas vu depuis des années et celle-ci lui donne l'adresse d'un homme qui vit à Lyon. Quelle coïncidence, mamie et lui vivent dans la même ville. Qui peut-il être ?

Je décide de retourner me planquer au bas de l'immeuble de mamie, de la suivre si elle sort, si elle ne sort pas, j'irai jeter un œil, rue des alouettes.

Elle sort ! Et elle s'est pomponnée, je ne vous dis pas, si papy était là, il lui dirait de remonter se changer en vitesse.

Elle marche d'un bon pas, elle semble décidée. On arrive dans la rue des alouettes, elle s'arrête au 10, elle sonne, la porte s'ouvre, elle entre. Je décide de m'installer sur le trottoir d'en face, camouflée derrière une voiture en stationnement.

Une heure qu'elle est à l'intérieur. Tiens ! La revoilà. Souriante, elle retourne chez elle.

Je la regarde partir, dois-je rester rue des alouettes ? Oh ! Et puis non, je ne sais pas le nom de famille de Frank, ni même à quoi il ressemble, à moins que... En regardant les prénoms !

Je lis les prénoms près de l'Interphone : Antoine Gredin, Marcel Shoom, Emilie Durand, Jean Lapillo, Frank Angel ! Bingo !

Angel... Tiens ? Le nom de la copine de mamie... La femme de Frank ou peut-être une parente.

Je sonne. Je sais que je suis culottée mais du haut de mes quinze ans, rien ne peut m'arrêter, même pas les convenances ! J'ai trop envie de voir la tête du fiancé de mamie. La porte s'ouvre, j'entre, je prends l'ascenseur, troisième étage, je descends. J'hésite, en piétinant sur place, et puis zut ! Je tape à la porte et une voix d'homme dit :

— J'arrive ! Une minute !

Un monsieur ouvre. Il est beau ! Oh ! Oui, vraiment beau, le fiancé de mamie, grand, les cheveux gris, assez robuste, il se tient droit comme un i, et puis, son sourire est charmant. Ma première impression est bonne.

— Bonjour petite, que puis-je faire pour toi ?

Sa voix est douce.

— Je... suis la petite-fille de Lucie.

— Oh ! Quelle surprise... mais entre !

Il a l'air gêné, il bredouille :

— Tu veux boire quelque chose ? en se massant les mains nerveusement.

— Non, merci, je n'ai pas soif !

Je me sens un peu honteuse de le mettre mal à l'aise.

— Tu es donc la petite-fille de Lucie, tu lui ressembles beaucoup, on te l'a déjà dit sans doute.

— Oui, mais merci quand même. Je voulais connaître le fiancé de mamie, alors je l'ai suivie, pour être rassurée, vous comprenez ?

Je parle très vite.

— Oui, mais ta grand-mère ne sera pas très contente que tu l'aies espionnée...

— Espionnée, le mot est un peu fort, je l'ai accompagnée discrètement... en attendant qu'elle vous présente à moi.

— Je ne suis pas sûr qu'elle veuille me présenter à sa famille, c'est un peu prématuré, nous venons tout juste de reprendre contact...

— Vous vous connaissez depuis longtemps ?

— Oui, mais c'est à ta grand-mère de t'expliquer tout ça, pas à moi, je ne peux rien te dire de plus... Je suis désolé, il vaut mieux que tu t'en ailles !

Il a des larmes aux coins des yeux, il me conduit jusqu'à la porte, me caresse les cheveux y dépose un baiser et hop ! Me fiche à la porte ! Ah, ces vieux, ils n'ont pas l'air comme ça mais il ne faut pas s'y fier !

Je suis en colère de ne pas savoir le fin mot de l'histoire. Que faire ? En parler à ma grand-mère ? Aux parents ?

J'hésite... En parler avec mamie, c'est mieux, papa en ferait toute une montagne et puis il ne me révélerait pas tous les détails de cette mystérieuse affaire...

Mamie est assise en face de moi, elle me regarde avec les yeux qui brillent. Elle n'est pas comme d'habitude, quelque chose a changé, elle se tient plus droite sur sa chaise, à moins que ce ne soit sa robe colorée. Elle est bien.

Je décide de me lancer dans le vif du sujet, pourquoi perdre du temps ?

— Mamie, j'ai rencontré Franck !

Elle est immobile, seuls ses yeux remuent dans tous les sens comme si elle suivait une mouche du regard. Elle se décide à répondre :

— Franck ?

Et moi qui pensais que ce serait facile. Les discussions importantes avec les adultes ne le sont jamais, je devrais le savoir après quinze années passées auprès d'eux.

— Franck Angel, mamie.

— Comment l'as-tu connu ?

— C'est plutôt moi qui devrais te poser cette question !

— C'est un vieil ami, un très vieil ami...

— Tu l'aimes ?

Je suis romantique, à cause de mon âge peut-être.

— Oui. Tu l'as trouvé comment ?

— Très gentil, et puis beau. Je ne pensais pas que tu avais un fiancé aussi beau !

Mamie sourit :

— Tu aurais préféré qu'il soit moche ?

— Non !

— Je m'en doutais. Franck et moi, nous venons de nous retrouver. Nous nous sommes perdus de vue pendant la guerre, par la suite j'ai épousé ton grand-père. Tu sais comme il était jaloux...

— Il était amoureux de toi, c'est pour ça.

— Peut-être. Franck et moi, nous allons nous revoir, prendre le temps de nous redécouvrir, puis j'en parlerai à la famille, il ne faut pas en parler à ton père, tu me le jures ?

— Oui, mais je ne comprends pas pourquoi, tu ne fais rien de mal, papa sera content pour toi, j'en suis sûr !

— Il est trop tôt pour lui dire, il me faut un peu de temps. Je te promets que je lui dirai, il faut juste attendre le bon moment.

Elle se lève d'un bond pour aller fouiller dans l'un de tiroirs de son secrétaire. Elle en sort un paquet blanc ficelé comme un saucisson, je me demande ce que ça peut être.

Elle défait le nœud doucement pour ne pas froisser le paquet. Elle déplie le papier blanc et s'approche pour me montrer le contenu. De vieilles photos, des papiers et des lettres.

— Voici ce qu'il me reste de l'époque de Franck. J'ai gardé tout ceci précieusement, en souvenir. Je le cachais pour que ton grand-père ne le trouve pas.

Elle me tend une photo.

— Tiens ! Là c'est moi, avec Franck. Nous étions si jeunes !

Effectivement, ils l'étaient. Mamie avait une coiffure bizarre, une espèce de chignon tarabiscoté, et puis une robe à petits carreaux bleus. Elle tenait le bras de Franck, ils riaient devant l'objectif. Lui, il était beau, grand, comme maintenant mais jeune.

— Là, cette photo, c'était pendant un pique-nique au bord d'une rivière, et celle-là, chez la sœur de Franck, Frida.

Le puzzle commence à se reconstituer dans mon esprit, je ne comprends pourtant pas pourquoi mamie refuse de confier son secret à mon père.

— Ce sont des lettres de Franck, il a dû partir précipitamment mais il me donnait de ses nouvelles, enfin, jusqu'au jour où je n'en ai plus reçues. Une triste période, quelques mois après son départ, j'ai bien cru mourir et puis j'ai rencontré ton grand-père.

Mamie m'a montré presque tout le contenu du paquet, et puis brusquement elle s'est arrêtée :

— Tu liras le reste avec ton père dans quelque temps, patience, ma chérie.

Patience, c'est bien le mot de la langue française que je déteste le plus !

Le temps passe, nous approchons des fêtes de Noël, mamie va venir dîner chez nous, on ouvrira nos cadeaux, comme tous les ans. Je me demande si elle va venir seule.

Je l'ai suivie la semaine dernière, elle voit toujours Franck mais pour l'instant, elle n'en a toujours pas parlé à papa. Mais qu'est-ce qu'elle attend ?

La sonnette retentit, c'est mamie.

Elle embrasse toute la famille, et nous demande de nous asseoir. Elle tremble un peu en parlant :

— Je voulais vous annoncer ce soir que je fréquente quelqu'un depuis un certain temps...

Je suppose que mamie considère que la période de Noël est le meilleur moment pour faire cette annonce, mais là, elle y est allée un peu brusquement !

— Maman ! Tu aurais dû nous le dire ! dit mon père tandis que ma mère se tait, attendant sagement la suite.

Je savais bien qu'il ne le prendrait pas mal.

— Ce n'est pas si simple, je ne savais pas comment m'y prendre alors, voilà : Il s'appelle Franck, Franck Angel, il vit à Lyon, il a mon âge...

— C'est formidable, hein, chérie ? mon père se tourne vers maman, qui fait oui de la tête.

— Arrête de m'interrompre, je te jure que ce n'est pas facile, j'ai quelque chose à te dire. Franck et moi, nous nous connaissons depuis la guerre...

Papa écoute. Maman écoute. Moi, la patiente de service, je sais tout ça, alors j'attends la suite.

— Franck se cachait en France, il est juif, c'était dangereux pour lui. Je l'ai rencontré pas le biais d'amis communs. J'aidais du mieux que je pouvais.

— De la résistance ? Pourquoi ne m'en as-tu jamais parlé ?! demande mon père.

— Résistance, oui, si tu veux... Franck et moi, nous sommes tombés amoureux, on ne se quittait plus, et même si la période était difficile, on était heureux. Un jour, il est venu me voir pour me dire qu'il devait partir, sur le champ, que le réseau lui avait trouvé un endroit où se mettre à l'abri en attendant que les choses aillent mieux, qu'il m'écrirait. Il l'a fait, pendant un temps, et brutalement, je n'ai plus eu de nouvelles, je l'ai cru mort, personne n'a pu me dire ce qu'il s'était produit et voilà.

— C'est une belle histoire, je ne vois pas où est le problème, dit papa. Maman réfléchit. J'attends.

— Une belle histoire... J'ai épousé ton père par la suite, dans la précipitation si l'on peut dire... Franck m'avait laissé un souvenir de lui avant de partir, un souvenir que je ne me suis pas lassé de regarder grandir toutes ces années, en pensant à lui.

Papa est livide. Maman étonnée et pour ma part, je ne suis pas sûre d'avoir compris.

Papa prend la parole, il est bouleversé, je le sais, il a sa lèvre inférieure qui tremblote comme si allait pleurer.

Je n'aimerai pas voir mon père pleurer. C'est moi qui suis censée pleurer, lui, il est trop fort pour se laisser aller devant moi.

— Tu es en train de me dire que ce type est mon père ! Et que mon père n'est pas mon père, mais juste le brave type qui t'a épousée pour endosser cette grossesse !

Ma mère se lève et met sa main sur l'épaule de mon père, elle la presse pour lui dire, je suis là, calme-toi.

— Oui, Franck est ton véritable père. Jean a accepté de m'épouser malgré la grossesse, il m'aimait, et il était heureux d'avoir un fils comme toi. Il t'a aimé comme si tu étais de lui, il n'a jamais fait de différence.

— Pourtant, il y a une différence. Franck t'a laissé seule, enceinte, et toi tu acceptes de le revoir malgré tout ! Je ne veux pas de ce père que tu m'as déniché !

— Franck n'était pas au courant de ma grossesse, je ne lui ai rien dit (Mamie pleure en parlant), il ne serait jamais parti si je lui avais dit, j'ai préféré qu'il se sauve, qu'il vive, c'était la seule chose qui m'importait, tu comprends ?

— Je comprends que tu aurais dû me le dire il y a bien longtemps ! les mains de papa tremblent sur ses genoux.

— J'avais promis à ton père adoptif de ne jamais t'en parler de son vivant, nous pensions que Franck était mort, on ne voulait pas raviver de vieilles blessures, et puis Jacques a été un bon père. Après le décès de ton père, j'ai écrit à la sœur de Franck, et elle m'a appris qu'il était vivant. Il n'a rien fait de mal, ce n'est pas de sa faute. Sa seule faute c'est d'avoir voulu vivre, et la mienne, d'avoir désiré la même chose. Désormais lui et moi, nous voulons terminer notre vie ensemble, profiter du peu de temps qui nous reste, et si tu le veux, tu peux faire partie de cette belle histoire...

Noël c'est bien passé en fin de compte. Papa a pleuré, je n'ai pas aimé ça mais il l'a fait dans les bras de Mamie alors c'était émouvant comme dans un film, maman m'a dit de venir avec elle à la cuisine pour terminer les préparatifs du repas.

Ils sont restés seuls au pied du sapin à regarder des photos de papy, des photos de Franck. Maintenant que j'y pense cela ne m'étonne pas que je sois si jolie, nous sommes tous beaux dans ma famille.

LES NOCES DE ROSE

Rose était une fleur fanée. Elle avait perdu ses couleurs et son parfum mais avait conservé ses épines.

Vieille fille, elle n'en démordait pas moins, elle trouverait un mari avant que le glas ne sonne.

Le glas, elle l'écoutait toujours avec délectation. Ce son mélancolique résonnant dans l'église du quartier, avait le don de la rassurer « ce n'est pas pour moi ! ».

Elle se rendait volontiers aux enterrements, histoire d'y verser une larme, les convenances avant tout, toute son éducation résumée en une seule phrase. À cette morbide occasion, elle revoyait d'anciennes connaissances, probablement les prochains sur la liste, car Rose s'était jurée qu'on ne l'y prendrait pas, elle les enterrerait tous, avant que ne vienne son tour.

Pour elle, malgré ses soixante-quinze ans, les projets étaient tout autres : Les cloches pour célébrer ses noces.

Tout le monde avait eu sa part, pourquoi pas elle ?

N'était-elle pas un bon parti ?

Oui, elle l'était, à tout point de vue. Les hommes qui l'avaient approchée n'avaient pas su déceler en elle les trésors de son cœur.

Le premier prétendant avait un air de conquérant avec sa moustache rousse, et son allure guindée, cependant il avait déplu à la famille de Rose pour ses idées trop libérales... Le second était trop pauvre, le troisième n'avait pas de manières... Les parents de Rose espéraient le meilleur pour leur « Rose, la plus belle fleur de notre jardin. »

Seulement, la fleur avait perdu de sa superbe : Son caractère s'était aigri, son cœur desséché, elle était devenue terriblement exigeante, au point qu'aucun homme ne s'était plus présenté.

Rose s'occupa de ses parents jusqu'à leur disparition, puis resta dans leur grand appartement vide, à compter le moindre sous, à frotter ses parquets cirés, à parler à son chat, un angora aux yeux rouges.

Le chat mourut lui aussi, alors elle parla seule, à voix haute.

Rose avait pour habitude de se promener dans le parc pour observer d'un œil critique ses contemporains : Les jeunes qui chahutaient, les couples qui s'embrassaient en public, les chiens qui laissaient leurs crottes au beau milieu de l'allée blanche.

Un jour, elle faillit glisser sur l'une d'elles, elle poussa un cri de frayeur mais une main ferme la retint.

Elle leva son visage vers la personne qui l'avait sauvée d'une cassure de l'os du fémur, qui eut été sans nul doute fatale à une femme de son âge :

Le sauveur avait un air de conquérant avec sa moustache grisonnante, et son allure guindée : Il ressemblait tant à son premier prétendant qu'elle resta figée.

— Madame, puis-je vous aider ?

— Merci, vous êtes très prévenant.

Rose se redressa, tapota ses vêtements pour enlever la poussière blanche qui les avait entachés.

— On ne peut plus marcher sans tomber sur une de ces... choses !

— Vous avez raison, c'est inadmissible ! Et dangereux de surcroît... À nos âges...

— Votre âge n'a rien à faire dans l'histoire, ma chère ! D'ailleurs, vous me semblez en très bonne forme... Rose.

Elle regarda son interlocuteur, avec attention, et reconnut le regard clair et fier, le sourire ouvert, l'allure de Jacques Courcelles.

— Oh ! Jacques... Je ne vous avais pas reconnu, enfin, pas immédiatement, mais maintenant, si.

— Les années ont passé, vous n'avez pas changé Rose...

L'homme avait l'air ému, revoir celle qu'il avait failli épouser cinquante ans auparavant lui fit monter les larmes aux yeux.

— Oh ! Si, un peu tout de même ! La vie ne m'a pas fait de cadeau.

Elle lui sourit avec l'impression d'avoir remonté le cours du temps, d'avoir retrouvé ses vingt ans, son insouciance, ses espoirs, le goût du bonheur.

— Je vous invite au salon de thé, il y en a un pas très loin, nous pourrons bavarder, parler de notre jeunesse... Rassurez-moi vos parents ne sont plus de ce monde ?

— Non, bien sûr que non, je suis seule...

— Plus maintenant, Rose, plus maintenant.

Se sont-ils finalement mariés, ont-ils été heureux ?

Peut-être.

Peut-être Rose, dont le cœur s'était desséché, qui n'avait gardé de son prénom que le piquant, déclina l'offre du vieil amoureux, parce qu'ils étaient trop vieux, qu'il l'avait laissée cinquante ans auparavant, parce qu'il était trop tard.

Peut-être a-t-elle dit non au bonheur, encore une fois.

Il est possible également qu'elle ait dit oui. Un grand oui, comme un souffle de soulagement.

Une seule chose est sure, s'ils sont allés jusqu'à l'autel, si elle s'est agenouillée pour prier, sa prière a été « Oh ! Mon Dieu, faites qu'il ne meure pas avant la fin de la cérémonie ! » tandis que les cloches sonnaient les noces, les noces de Rose.

PETITE CLARA

Les matins d'été, il fait toujours frais dans le square, surtout à l'ombre des mûriers. Bien sûr, on reste assis sur le banc, sous les arbres, pour ne pas avoir trop chaud. On regarde les enfants. Quelle énergie ! Est-ce qu'on était comme ça, avant ? Je ne m'en souviens plus, c'est tellement loin. Mon mari aime bien le parc. Il ne me laisse jamais y aller seule. J'aime mieux ça, on discute ensemble, on passe le temps. C'est comme ça quand on vieillit, on passe le temps.

Les employés de la mairie ont repeint les barrières, en blanc, c'est joli. Tiens, je me demande si la petite Clara va venir aujourd'hui. Elle est si mignonne ! Si vous saviez ! Trois ans, tout au plus. Des cheveux mi-longs châtains, de grands yeux bruns, des cils noirs et très longs. Elle nous regarde toujours gentiment, mon mari et moi. Elle a l'air un peu triste, un peu perdue. C'est normal, elle vit à la DASS. Georges en a le cœur brisé. Tous les jours quand on rentre du square, il a les larmes aux yeux. Il répète :

— Si c'est pas malheureux, une brave petite comme ça, toute seule. Elle a l'air si triste...

Elle porte souvent des jeans, un peu élimés aux genoux, et puis des tee-shirts qui lui vont trois fois trop grand. Pourtant, elle est mignonne. Si c'était ma petite-fille, je lui achèterai des robes à carreaux, avec des couleurs gaies, oui, des couleurs gaies, c'est ce qui lui manque. Mais elle n'est pas à moi cette petite, elle est à personne. Je me demande si j'ai le droit de lui offrir un petit quelque chose, une peluche ou un livre avec des histoires qui se terminent bien.

Elle court comme un lapin ! Faut la voir ! Les autres la poursuivent dans tout le square, mais ils ne réussissent jamais à la rattraper. Je crois que Clara est habituée à fuir. L'autre jour, je l'ai même vu se cacher, elle est futée cette petite. Elle s'est dissimulée sous notre banc. Derrière ma jupe, personne ne pouvait la voir. Elle était essoufflée mais soulagée, elle a poussé un gros soupir. Georges lui a donné discrètement une sucette au caramel. Elle a dit merci et est restée sous le banc à la déguster. Enfin, la surveillante du petit groupe d'enfants a sifflé, et tous les gamins se sont regroupés, pour rentrer à la maison. La maison. C'est le mot le plus important pour un enfant, après celui de maman et de papa.

Maison. Refuge. Abri.

Clara nous a fait un petit geste de la main, comme une caresse qu'elle nous envoyait dans les airs. J'ai senti cette caresse sur ma joue, j'ai failli pleurer.

Georges n'a pas eu de famille, enfin pas vraiment, il a été élevé par un cousin de son père. Il n'a jamais connu sa mère, sauf une vieille photo. Mon mari n'a pas eu une jeunesse très amusante, en ce temps là c'était monnaie courante, les enfants comptaient pour moins que rien. C'est pour cette raison qu'il a voulu des enfants immédiatement après notre mariage, on a eu trois garçons. Pour lui, il n'y a rien de plus important que la famille.

Voir Clara est devenu le but de notre promenade du matin. Elle vient nous parler maintenant. Elle s'est habituée à nous, peut-être à cause de la sucette sous le banc. Elle nous a parlé de ses parents avec ses mots d'enfant. Son histoire est un peu floue. En tous cas, elle est seule désormais. Elle se plaint rarement de l'endroit où elle vit. Elle a peu d'amis. Elle est méfiante avec les autres enfants, surtout les grands. Elle dit qu'ils sont « vilains » mais qu'elle court plus vite qu'eux et qu'elle est très « forte » . Nous l'espérons.

Elle nous appelle Papou et Maminou ! C'est joli, non ? Surtout dans sa bouche boudeuse.

— Papou, pourquoi tu viens tous les jours au parc ? Tu es vieux pour aller au parc !

Elle nous fait rire avec ses remarques, elle s'exprime très bien pour son âge. Georges lui dit avec un air de tartine à la confiture :

— Mais pour te voir, Clara !

Elle le regarde alors étonnée, et puis elle lui frôle la main comme pour vérifier que c'est vrai. Et lui, il est ravi. Les hommes sont beaucoup plus sensibles qu'on ne veut bien se l'imaginer. Georges aime cette gosse, c'est incroyable. Peut-être parce qu'elle est seule. Ce n'est pas de la pitié, ne vous y trompez pas ! Non, il l'aime, et Clara a tellement besoin d'amour.

L'autre jour, je lui ai offert une peluche, un lapin gris avec de très longues oreilles. La surveillante a accepté que je lui fasse ce cadeau. La petite m'a sauté au cou puis elle a embrassé Georges. Elle a dit qu'elle l'appellerait Papou et qu'il la protégerait. Donner le surnom de Georges au lapin en peluche, c'est drôle non ? Il en a été tout secoué. Il a dit : « Cette petite a besoin d'autre chose que d'un lapin en peluche... ». Je ne sais pas à quoi il pense.

L'hiver est déjà là. Les feuilles des mûriers ont toutes disparues. Clara a grandi, son jean lui va un peu petit, je trouve. Depuis la rentrée des classes, elle vient au parc l'après-midi, alors nous aussi. De toute manière le matin, il fait trop froid.

Des fois, elle reste assise près du toboggan, elle parle avec son lapin, elle lui raconte des secrets comme elle dit. Georges semble inquiet en la regardant.

Parfois elle pleure, sans raison, et puis elle se réfugie dans un recoin du parc, son lapin contre elle.

Hier, elle est venue tout contre Georges :

— Papou, je peux venir à ta maison ?

Il a répondu d'une voix tremblante :

— Quand il fera beau, Clara, quand il fera beau...

« On est trop vieux pour tout ça ! j'ai expliqué à Georges, et lui m'a sourit :

— Il n'y a pas d'âge pour aimer. Tu l'aimes Clara ?

— Et oui je l'aime... Mais on est vieux, je te dis qu'ils ne voudront jamais nous la confier ! La procédure d'adoption est très longue, tu sais que j'ai raison !

J'étais en colère contre lui, en colère qu'il fasse germer en moi cette idée, ce parfum du bonheur, avoir Clara avec nous à la maison.

— Alors on est d'accord ! Puisqu'ils ne voudront pas, on ne leur demandera pas, voilà tout !

Il est retourné à son émission de télévision et puis s'est endormi le sourire aux lèvres.

Le vent balaye la poussière blanche de l'allée du square. La petite se frotte les yeux avec ses poings fermés, elle lève son petit visage rose vers moi :

— Maminou, c'est vrai ce qu'il dit Papou ? Ma maison à moi ?

La fuite commence.

La petite est entre nous deux, nous courrons tous les trois comme des enfants, elle crie en riant :

— CoursPapou, cours !

Georges est un peu essoufflé mais il ne lâchera ni le lapin en peluche, ni la main de Clara.

Jamais.

LA TROISIÈME MAIN

Elle marchait pieds nus sur le carrelage froid, se dirigeant à tâtons dans l'obscurité vers le salon d'où provenait le bruit qui l'avait réveillée. Elle se demanda encore une fois si quelqu'un avait pénétré dans son appartement lorsqu'elle reconnut le tapotement sec et répétitif. Elle s'immobilisa à l'entrée du salon, son souffle suspendu, ses muscles raidis, et ses yeux paniqués fouillant les recoins noirs de la pièce.

« Y'a quelqu'un ? » chuchota-t-elle puis un peu plus fort, « y'a quelqu'un ? »

Évidemment qu'il y a quelqu'un ! La main l'attrape, secoue violemment l'arrière de sa tête, projette d'une force prodigieuse cette même tête contre le mur, une fois, deux fois, le sang finit par couler, la main continue, encore une dernière fois. Le sang ruisselle sur le mur. Elle n'a plus la force de demander bêtement s'il y a quelqu'un, elle sait qu'il y a quelqu'un même si cela fait un moment qu'elle n'est plus en état de penser à quoi que ce soit, depuis le second coup contre le mur, depuis qu'elle est morte.

C'est ainsi que Julie Deschamps est partie de nuit, mais pourquoi ? A qui appartient l'arme du crime ?

Madame Lambert vint monter le courrier à la jeune mademoiselle Deschamps qui vivait au quatrième étage. Elle s'arrêta au troisième pour reprendre son souffle. La concierge n'était pas obligée de lui rendre ce service mais depuis que l'ascenseur était en panne, elle s'efforçait d'aider de son mieux les locataires de l'immeuble. La jeune femme lui était sympathique, peut-être était-ce son sourire, sa discussion aimable, ou son métier de mannequin qui la fascinait. Quoi qu'il en soit, cela faisait tout juste deux semaines qu'elle avait commencé à lui remonter son courrier. Bizarrement depuis deux jours, la jeune femme ne lui avait pas ouvert la porte, « peut-être est-elle absente... Étrange tout de même qu'elle ne m'ait pas prévenue, elle si polie d'habitude... » se dit la concierge.

Elle reprit son ascension toute à sa réflexion lorsqu'elle rencontra le monsieur qui habitait sur le même palier que le jeune mannequin, monsieur Serval...

Madame Lambert salua le vieux garçon. Il portait comme toujours son vieil imperméable beige, ses mocassins de cuir marron, son parapluie noir dans sa main, et son éternelle mine des mauvais jours.

— Bonjour monsieur Serval, vous allez bien ?

— Bien sûr que je vais bien, et pourquoi en serait-il autrement ?

— Je pensais juste à votre accident...

— N'y pensez plus, cela ne vous regarde pas, au revoir madame !

Il descendit l'escalier en toute hâte, en vissant son chapeau sur sa tête déplumée.

Décidément, pensa la concierge, pas étonnant qu'il soit encore célibataire, quel fichu caractère !

Elle frappa à la porte de Julie Deschamps. Pas de réponse. Elle sonna à plusieurs reprises mais toujours aucun signe de vie à l'intérieur. Elle décida d'utiliser la clef que lui avait confiée la jeune femme pour s'assurer que tout allait bien.

En ouvrant la porte, elle sut immédiatement que quelque chose clochait. Les rideaux étaient tirés, il faisait sombre et une odeur désagréable imprégnait l'appartement. Madame Lambert se força à entrer, il n'y avait pas d'autre solution. La gorge serrée, elle avança pas à pas, et là-devant la porte du salon, elle découvrit le corps inerte de Julie. Son visage n'était plus qu'une masse informe et ensanglantée : Elle était morte. Madame Lambert hurla et se rua dans l'escalier de l'immeuble pour demander du secours. Les voisins sortirent un à un de leur appartement.

— Que se passe-t-il ?

— La police ! La police ! Oh mon Dieu, se lamenta madame Lambert, elle est morte, la pauvre petite est morte !

— Mais qui ?

— Chéri appelle la police !

— Julie Deschamps, la petite du quatrième, elle est morte !

Dix minutes s'étaient écoulées, les pas de la police résonnaient dans l'escalier. Ils allaient et venaient entre le rez-de-chaussée et le haut de l'immeuble.

— Au quatrième ! Faites venir le photographe, et ne marchez n'importe où. J'ai pas envie qu'on loupe quelque chose... Tiens, Philippe rend visite à la concierge, c'est elle qui a découvert le cadavre !

J'y vais !

Philippe Devallois découvrit la concierge en pleurs sur son canapé à fleurs, une femme lui tenait les épaules et essayait de la consoler.

— Excusez-moi madame, je suis de la police.

— Oh ! Bonjour, dit-elle entre deux reniflements, c'est affreux, affreux, une petite si mignonne, si gentille...

— Si vous vous sentez mieux, j'aurais quelques questions à vous poser. Qui est la victime ?

— Mademoiselle Deschamps Julie, elle vivait au quatrième, elle avait une vingtaine d'années.

Madame Lambert se moucha bruyamment et reprit :

— Elle était mannequin.

— Vivait-elle seule ?

— Oui. Merci madame Fillot, elle prit le verre d'eau que lui tendait la femme.

— Excusez-moi mais qui êtes vous ? demanda-t-il à l'autre femme.

— Je suis la locataire du premier, madame Fillot.

— Pourriez-vous nous laisser s'il vous plaît ?

— Oh ! Oui. Je suis chez moi si vous avez besoin. A plus tard madame Lambert.

— Merci vous êtes gentille.

— Bon, reprenons : Avait-elle des soucis ces derniers temps ? Des querelles d'amoureux ou des problèmes professionnels ?

— Pas que je sache, mais elle ne me faisait pas de confidences, nous discutions de tout et de rien...

— Bien... Comment se fait-il que vous ayez découvert le corps ?

— Depuis la panne d'ascenseur, je lui montais son courrier, cela faisait deux jours qu'elle ne répondait pas, alors comme elle m'avait confié sa clef, eh bien, je suis entrée pour m'assurer que tout allait bien, j'ai mal fait ? dit-elle inquiète.

— Non, au contraire, cela devient rare des personnes telles que vous qui se soucient du sort de leurs voisins !

— Mon travail est important pour moi, j'aime rendre service, prendre soin des autres, je suis l'âme de cette maison en quelque sorte.

— C'est vrai... À ce propos, vous n'avez pas remarqué quelqu'un dans les parages, une personne étrangère à l'immeuble ?

— Non, je n'ai rien vu, si seulement... elle se remit à pleurnicher, il y avait tellement de sang, et son visage, vous avez vu son visage ?

— Il n'y a pas un détail qui vous revienne, quelque chose d'inhabituel ?

Elle fit non de la tête, en lissant les plis de sa jupe à fleurs.

— Bon, je vais vous laisser, je reviendrai probablement vous poser d'autres questions.

— D'accord, elle lui serra la main et le reconduisit à la porte d'entrée, attrapez celui qui a fait ça !

— Ou celle...

Il se rendit au quatrième pour rejoindre son équipe, le corps était déjà emballé dans un sac noir. L'appartement était rangé, aucune trace de lutte.

— Chef ? Vous avez quelque chose ?

— Quelqu'un lui a bousillé le crâne contre le mur, on a pris des clichés. Le corps part à la morgue immédiatement, on en saura peut-être plus avec les résultats de l'autopsie.

— Vous avez vu ? Tout est parfaitement rangé...

— J'ai vu. Faudra refaire la tapisserie... Le sang a giclé, sous l'effet du choc il a été projeté sur les murs et les meubles, et ça a dégouliné par-là, Ah ! J'allais oublier le plus important, regardez ! On a trouvé ça sur le paillasson.

Le chef tendit à Devallois un gant de cuir emballé dans un plastique transparent.

— Vous croyez que l'on tient quelque chose ? C'est peut-être à la concierge...

— Non, c'est un gant d'homme, il était coincé entre le paillasson et le dessous de la porte, le mec a dû le faire tomber en partant... Pas mal, hein ?

— C'est un bon début. On peut en déduire qu'il n'y aura pas d'empreintes ?

— Je le crains, pour l'instant on a rien de ce côté là. Ca date de deux jours au moins, d'après le docteur.

— Pas de sang sur le gant ?

— Si, et des cheveux blonds.

— Quelqu'un a téléphoné à la famille ?

— C'est fait, les parents arrivent cette après midi pour reconnaître le corps.

— Pour une fois, ce n'est pas à moi d'annoncer la mauvaise nouvelle. Bon, je vais faire le tour des voisins, histoire de grappiller des détails croustillants, des potins...

— C'est ça, qu'on ait au moins une piste de départ. Pour l'instant, pas de trace d'effraction, pas de vol, ni de viol semble-t-il.

— Je sens que ça va pas être simple...

Philippe Devallois commença sa tournée d'interrogatoires dans l'immeuble. Le voisin du quatrième était absent, il se rendit donc au troisième, et discuta avec les époux Ferrand. L'homme et la femme avaient une cinquantaine d'année, ils invitèrent le policier à entrer chez eux.

— Rassurez- nous, vous avez une piste ?

— Non, il est encore trop tôt !

— C'est que nous avons peur, nous avons une fille de dix-sept ans...

— Je comprends, il faut juste être prudent, bien fermer votre porte le soir...

— Comment est-elle... demanda Madame Ferrand.

— Une mort violente, je ne peux vous en dire plus.

— Un meurtre ? Oh la pauvre petite ! Elle était si aimable.

— Une jolie fille, jeune, si c'est pas malheureux ! dit le mari.

— Auriez-vous remarqué quelque chose d'anormal ces derniers jours ?

— Non, on a pas fait attention, si on avait su...

— Avez-vous remarqué si elle fréquentait quelqu'un ? Un petit ami ?

— Non, jamais, maintenant elle avait peut-être quelqu'un mais en tous cas je n'ai jamais vu d'homme monter chez elle, et toi chéri ?

— Non, moi non plus, c'était une fille tranquille, jamais de bruit, polie, une bonne voisine.

— Bien, je vais vous laisser.

— J'ai entendu l'autre nuit...

— Oui madame, quoi ?

— Eh bien, un bruit au-dessus, comme un tapotement...

— Un tapotement ?

— Oui, et puis deux ou trois coups sourds et enfin, comme un objet lourd tombant sur le sol... Je vous avoue que la nuit... enfin, j'étais mal réveillée, mais enfin je l'ai entendu ! Après il y a eu encore ce tapotement et puis plus rien, du coup, je suis allée boire un verre d'eau, mon mari dormait, je me suis recouchée.

— C'était quand ?

— Il y a deux ou trois jours, en plein milieu de la nuit, euh, je ne sais plus exactement, désolée.

— Merci madame, ce détail nous sera utile, je reviendrai si besoin est, à bientôt.

— Au revoir !

Le couple le raccompagna à la porte. Il se rendit ensuite chez chacun des autres voisins mais n'apprit rien de plus que chez les Ferrand si ce n'est l'histoire de l'accident de monsieur Serval, le locataire du quatrième.

Il tapa à la porte de l'appartement du premier étage, celui de madame Fillot, qu'il avait croisé chez la concierge.

Elle entrouvrit prudemment et en le reconnaissant fut soulagée :

— Ah ! C'est vous !

— Oui, je viens vous poser quelques questions, je ne vous dérange pas ?

— Non ! Si je peux rendre service... Prenez une chaise, je vous en prie.

— Merci. Connaissiez-vous la victime ?

— Très peu, je la croisais dans l'immeuble, rien de plus. C'était une jolie fille, aimable, très souriante.

— Avez-vous remarqué quelque chose de particulier ces derniers jours ?

— Non.

— Savez-vous si Mademoiselle Deschamps fréquentait quelqu'un ?

— Je n'ai jamais vu d'homme avec elle mais cela ne veut pas dire qu'elle ne fréquentait pas quelqu'un à l'extérieur, en tous cas je n'ai vu personne.

— Nous essayons de savoir si elle avait des ennemis, un différend avec quelqu'un.

— Euh... comment dire, on vous a peut-être parlé de monsieur Serval ?

— Le voisin de palier de la victime ?

— Oui, le vieux garçon.

— Personne n'a fait allusion à ce monsieur, d'ailleurs je n'ai pas pu encore l'interroger.

— Je ne voudrai pas colporter des rumeurs...

— À propos ?

— De l'accident !

— Quel accident ?

— Celui de monsieur Serval !

— Dites-m'en plus, le policier prenait des notes sur son calepin, tandis que la locataire du premier lui racontait les détails de l'accident de Serval.

— Il faisait son joli cœur, il lui tenait la porte de l'ascenseur, lui portait ses sacs de courses, accourait dés qu'elle avait un problème dans son appartement, dit-elle d'un ton lourd de sous-entendus.

— Intéressant...

— Et puis, il y a un peu plus d'un mois, il a eu son accident : La demoiselle lui avait demandé de venir l'aider à changer une ampoule, les appartements sont hauts de plafond alors il était monté sur une échelle, et il est tombé...

— Et ?

— Il s'est cassé la main droite.

— Je ne vois pas ce qu'il y a de terrible...

— Il est musicien. Il a perdu l'usage de sa main, du coup, il ne peut plus jouer du piano.

— À ce point !

— Oui, apparemment un nerf a été sectionné, ou un truc dans ce goût-là, bref, il ne sent plus sa main.

— Je vois... Il était en colère contre la jeune femme ?

— Un peu, il a un air maussade depuis, je crois qu'il lui en a voulu de n'être pas venue l'aider après l'accident. Pourtant elle a pris de ses nouvelles, que pouvait-elle faire d'autre ? Ce n'était pas de sa faute s'il était tombé ! Un homme de cet âge, tourner autour d'une fille si jeune !

— Un amoureux éconduit si je comprends bien ?

— C'est l'avis de l'ensemble des locataires...

— J'interrogerai ce monsieur, on ne sait jamais, je vous remercie de m'avoir parlé de cet incident, on ne peut rien laisser au hasard !

— Je n'ai fait que mon devoir...

Devallois repartit son calepin rempli de nouvelles informations, alla se poster devant l'appartement de Serval et attendit son retour.

Un homme grand en imperméable beige, arriva dans l'escalier. Il retira son chapeau laissant découvrir quelques rares mèches de cheveux grisonnants. Ses yeux bleus pâles fixèrent le policier, il l'observa de la tête au pied, et d'un air renfrogné demanda :

— Vous êtes de la police ?

— Oui, vous êtes au courant pour votre voisine ?

— Oui, j'ai croisé la concierge...

— J'ai des questions à vous poser.

— Ah bon. Vous voulez entrer ?

— Si cela ne vous dérange pas.

— Je préfère entrer poser mon chapeau et mon parapluie...

L'homme se voûta pour atteindre la serrure, farfouilla à l'intérieur et ouvrit.

L'appartement de Serval était clair, un ordre quasi militaire régnait dans le salon. Prés de la fenêtre, Devallois aperçût un piano droit en bois clair, fermé.

Serval lui proposa de s'installer sur le fauteuil, et prit une chaise qu'il posa face à lui.

— On m'a parlé de votre accident.

— Les informations circulent vite dans cet immeuble, madame Lambert ?

— Non.

— Peu importe. J'ai eu un accident, c'est vrai, une mauvaise chute qui a diminué les facultés de ma main, il montra sa main molle au policier.

— Parlez-moi de cet accident.

— Il n'y a rien à en dire : Je suis allé chez mademoiselle Deschamps pour lui rendre service, une ampoule à changer ; je suis monté sur l'échelle, je suis tombé, voilà tout.

— Pas de chance...

— Cela me cause en effet quelques désagréments...

— Le piano ?

L'homme hocha la tête en lançant un regard triste vers le piano.

— J'espère retrouver l'usage de ma main.

— Vous en vouliez à votre voisine ?

— Bien sûr que non ! Ne soyez pas ridicule ! C'est un accident, rien d'autre, elle n'y était pour rien, j'ai été maladroit et je suis tombé.

— Oui, mais si elle ne vous avait pas appelé au secours pour cette ampoule...

— Évidement avec des si, dit-il visiblement excédé.

— Comment la trouviez-vous ?

— Julie ?

— Oui.

— Bien.

— Bien ?

— Une belle jeune femme, quoiqu'un peu égoïste...

— Pourquoi ?

— Elle ne m'a pas beaucoup aidé après l'accident, j'ai vécu des moments difficiles et j'espérais, son regard se perdit dans le vague.

— Vous espériez ?

— Un peu plus de compassion.

Devallois vit son interlocuteur se raidir en entendant un bruit qui venait de la cuisine.

— Vous n'avez rien remarqué d'étrange ces temps ci ? Des allées et venues inhabituelles ?

— Non.

Serval lançait des coups d'œil vers la porte de la cuisine, Devallois se leva et fit mine de s'y rendre.

— Vous voulez boire quelque chose ?

— Non, merci monsieur Serval... Je voulais aller me laver les mains dans la cuisine... Vous n'y voyez pas d'objection ?

— Non mais vous pouvez utiliser la salle de bains.

Devallois ne l'écoutait plus, il entra dans la cuisine sentant qu'il se passait quelque chose d'étrange. Le tapotement sec et répétitif provenant de la cuisine s'était interrompu. Le policier inspecta la pièce et ne découvrit rien de particulier, elle était en ordre, d'une propreté remarquable pour un célibataire. Il remarqua que le robinet de l'évier fuyait, sans nul doute la source du tapotement qu'ils avaient entendu tous les deux. Il retourna auprès de Serval. L'homme était pâle, sa main valide serrait l'autre inerte, il semblait attendre quelque chose.

— C'était quoi ce bruit, bredouilla-t-il.

— Votre robinet qui fuit. Je vais vous laisser monsieur Serval, je reviendrai. Vous n'avez pas entendu de bruit de lutte il y a deux nuits ?

— Non, rien, pas le moindre bruit. Je vous raccompagne à la porte.

— Inutile, je connais le chemin.

Le corps de Julie fut amené à la morgue, son appartement méticuleusement fouillé, son courrier épluché, rien ne fut laissé au hasard.

Devallois avait un suspect ; les résultats de l'autopsie permettaient de savoir comment le crime avait été commis, le courrier personnel de la victime et les témoignages des voisins et des proches convergeaient vers un mobile : la vengeance. Il restait à Devallois à amener les preuves nécessaires à une arrestation. S'il n'y parvenait pas dans un bref délai, il utiliserait la garde à vue, un long interrogatoire suffirait peut-être à entraîner des aveux de son suspect principal.

Dans son appartement, Serval savait qui avait assassiné Julie Deschamps, il ignorait comment puisque la police n'avait rien révélé à ce sujet, et le mobile coulait de source. L'homme parlait seul, allait et venait d'un bout à l'autre de son appartement, sursautait au moindre bruit. En quelques jours, il avait perdu le sommeil et l'appétit ; il pressentait qu'il allait bientôt perdre la tête.

Devait-il aller parler à la police, révéler ce qu'il savait ? Devait-il fuir ? Devait-il mourir ? Il se décida au bout de plusieurs jours à se rendre au commissariat où il fut accueilli par Devallois.

Le policier lui proposa un siège à son bureau.

— Je ne pensais pas que vous viendriez de vous-même monsieur Serval !

— J'ai longuement hésité.

— Vous avez choisi la meilleure solution. De toute façon, nous allions venir vous chercher...

— Je ne comprends pas.

— Reconnaissez-vous ceci ? Le policier lui tendait un gant de cuir.

— Oh ! Mon gant ! Je pensais l'avoir perdu !

— Vous le reconnaissez donc ?

— Du chevreau, très souple. Je prends grand soin de mes mains, à cause du piano... Je peux le récupérer ?

— Non ! répondit le policier effaré, c'est une pièce à conviction.

— Je... Je n'avais pas compris... Vous pensez que c'est moi qui aie... NON ! il se leva.

— Asseyez-vous Serval ! Évidemment, que nous pensons, le gant, le fait que vous soyez un amoureux éconduit, qui a été mutilé par la victime...

— Mutilé... Oui, mais elle n'y est pour rien, je vous l'ai dit !

— Nous avons lu son courrier où elle parle de vous, de votre changement d'attitude envers elle, de vos sautes d'humeur.

— J'étais sous le choc de cet accident !

— Tellement sous le choc que vous avez perdu la tête ! Vous ne pouviez plus jouer de piano par la faute de cette petite idiote, alors vous êtes entré chez elle, avec le double de sa clef...

— Je n'aurai jamais utilisé cette clef, ce n'était que pour les urgences quand elle avait un souci ou qu'elle était absente, pour les plantes...

— Et vous êtes entré, elle a entendu du bruit, elle s'est levée en chemise de nuit, s'est rendue dans le salon...

— Mais non, vous n'avez rien compris, ce n'est pas moi !

— Elle était belle dans sa chemise vaporeuse, et vous avez décidé de détruire cette beauté qui la faisait vivre ; elle avait détruit votre carrière de pianiste, vous alliez lui rendre la pareille en détruisant sa carrière de mannequin !

— Non ! C'est faux !

— Vous avez cogné sa tête contre le mur, à plusieurs reprises, et vous l'avez tuée.

Le policier s'arrêta, il regarda l'homme hagard assis face à lui, il semblait prendre conscience de son crime.

— Je vous dis que ce n'est pas moi. Je ne peux plus jouer c'est vrai mais je ne l'aurai jamais tuée pour ça, ce n'était pas de sa faute, mais elle n'a pas compris...

— Julie n'a pas compris quoi ?

— Je ne parle pas de Julie ! Je parle de l'autre... De la main.

— Hein ?

— Mon autre main, la troisième main.

Le policier se massa les tempes d'un air las, le suspect numéro un avait perdu la raison.

— Une troisième main, mais où ça ?

— Elle se cache, dans l'appartement ! dit-il tremblant.

— Mais bien sûr !

— Je sais ! Ça paraît dingue mais pourtant elle existe, je la vois, elle joue même du piano ! Je ne sais pas si elle est une espèce de fantôme de ma main invalide, ou une main qui vient d'ailleurs, je n'en sais rien, tout ce que je sais, c'est qu'elle est apparut chez moi quelque temps après l'accident.

— Vous me racontez n'importe quoi ! Nous savons que vous avez tué Julie Deschamps.

— C'est la main qui l'a tuée, pour se venger, sûrement, C'est la seule explication !

— Et elle a enfilé un gant pour la trucider, vous me prenez pour un con ou quoi !

— Le gant c'est peut-être pour les empreintes...

— J'allais vous le dire !

— Je vous dis qu'elle existe ! C'est pas moi, je l'ai pas tuée ! C'est ma troisième main !

Serval fut emmené en détention provisoire où il clama son innocence : Ce n'était pas lui mais sa troisième main qui avait assassiné Julie Deschamps.

Les époux Ferrand avaient demandé à la concierge de signaler à Monsieur Serval que les tapotements incessants sur le sol et les exercices au piano au milieu de la nuit, leur devenaient insupportables. Madame Lambert quoique surprise par leurs propos (puisque Serval était supposé être en garde à vue) décida de s'occuper du problème sur le champ. Quand elle ouvrit l'appartement de Serval, elle entendit les fameux tapotements, comme de minuscules billes tombant en pluie sur le sol. Elle referma la porte. L'appartement de Serval était vide depuis deux jours, il n'était donc pas responsable du bruit dont se plaignaient les voisins.

— Je suis sûre qu'il y a des souris dans cet appartement ! dit-elle à voix haute, les copropriétaires vont en faire toute une histoire, et bien sûr cela va me retomber dessus ! Je les entends déjà " l'immeuble est mal tenu, madame Lambert ne fait pas son travail ! "

Soudain le son du piano résonna dans le salon. Des notes jetées au hasard.

— Si elles mangent les partitions !

Le bruit devint assourdissant.

— Ou si elles abîment le pia...

Une musique triste s'éleva ponctuée d'accords coléreux, la concierge resta immobile, le cou tendu essayant d'apercevoir les rongeurs qui jouaient du... Classique !

La musique cessa brutalement : Éclairée par la lumière provenant de la fenêtre prés du piano, la concierge vit apparaître un doigt, puis deux puis cinq doigts longs et fins d'une main. Pas de bras, ni de corps, non, juste une main qui sauta soudain sur le sol, et courut agilement vers la femme, en de petits tapotements secs et répétitifs, une cavalcade de doigts. La main bondit et vint se plaquer sur sa bouche qui hurlait de terreur. Comment fuir lorsque l'on a une main assassine accrochée à son visage ? La concierge se résolut à toucher les doigts, elle secoua sa tête à gauche et à droite, puis tenta de décoller les doigts un à un, s'ensuivit une lutte acharnée entre mains. La femme réussit enfin à lui faire lâcher prise. La main tomba sur le dos puis se redressant sur ses doigts, se lança à la poursuite de la concierge, la rattrapa, sauta sur son épaule. Madame Lambert qui avait atteint le palier, se projeta dans l'escalier en hurlant " La main m'a tué ". En effet...

Les voisins qui furent interrogés par la police, après la découverte macabre, témoignèrent qu'elle avait crié : " Lapin m'a tué " , d'autres certifièrent qu'elle avait dit : " L'allemand m'a tué ". On ne saura jamais qui de l'un ou de l'autre a commis le crime.

LA TÊTE DE MON PÈRE

Maman est gentille, elle l'a toujours été, gentille.

Enfant, je me faufilais dans sa chambre, et je me cachais derrière elle pendant qu'elle brossait ses longs cheveux blonds devant la glace de sa coiffeuse, pour respirer son parfum dans son cou... Ma mère est belle, et je ne lui ressemble pas. Je suis brun, grand et très maigre, mes yeux sont légèrement globuleux, mon nez busqué. Pour couronner le tout, mon sourire est tordu, je ne souris donc que rarement, seulement si j'y suis obligé.

A la maison, Maman a toujours évité les conflits, et surtout les discussions, prétextant sans cesse du travail en retard, de la fatigue, une migraine, me laissant seul, face mes questions...

Le grand mystère de ma vie réside dans mon existence même : Qui est mon père ? Qui est l'homme à l'origine de ma naissance ? A cela, Maman me répond depuis toujours que la vie elle-même est un mystère que nous ne pouvons comprendre, puis elle se lance dans un débat théologique auquel je ne comprends rien, mais alors rien du tout ! Quel est le rapport avec mon père ? Papa est-il un curé qui aurait failli aux obligations de sa fonction religieuse, Papa est-il... Dieu ?

Voilà le genre de considérations qui rongeaient mon cerveau tendre de jeune garçon. Et puis, j'ai grandi, et avec l'âge de nouvelles hypothèses sont venues à moi comme des vagues qui déplacent le sable de la plage.

Papa est-il un criminel dont maman aurait honte ? Aurait-il violé maman et participé ainsi dans la violence à ma conception ? Non, papa ne peut être méchant, je ne suis pas méchant et je lui ressemble sûrement un peu…

À moins que papa ne soit un héros ? S'est-il perdu lors d'un conflit armé à l'étranger, prisonnier d'un gouvernement dictatorial ? Un espion obligé de se cacher, même de son fils ?

Il était tout cela tour à tour, au gré de mes humeurs, au gré des informations du journal du soir et surtout, oui, surtout, au gré des réponses évasives de maman, cette gentille maman.

Maman et moi, nous vivons seuls, comme isolés sur une île, je n'ai ni grands-parents, ni famille d'aucune sorte, la seule personne qui est là pour moi, c'est Maman.

Bien sûr, je ne peux vous raconter mon histoire sans vous parler de Sébastien, mon meilleur ami, mon seul ami en vérité. Seb est tout ce que j'aurai aimé être, un type de dix-sept ans avec une famille normale, un type décontracté que rien n'effraye, alors que moi, j'ai si peur. Il tente de m'aider du mieux qu'il peut, m'entraînant dans des virées au bowling, voir les filles aussi, mais les filles m'inquiètent surtout si elles ont l'air gentil.

Quoi qu'il en soit, je me souviens c'était un dimanche, on était au bar tous les deux, je venais pour la première fois de ma vie de le gagner au baby-foot, Sébastien était content, il m'a dit « tu vois, des fois tu gagnes ! »

— C'est la première fois... dis-je prudent.

— Mais pas la dernière mon vieux ! La vie te réserve des victoires que tu n'imaginais même pas jusqu'à aujourd'hui !

— Tu crois ?

— Si je te le dis ! On ne peut pas perdre tout le temps, un jour la roue tourne et les bonnes occases déboulent... Seulement il faut pas les rater les bonnes occases,

OK ?

— Mouais...

— Regarde, avec Christelle, t'as une super occase !

— Christelle ? T'es dingue, elle est bien trop canon pour moi !

— Elle te trouve sympa, elle me l'a dit l'autre jour au bowling...

— Au bowling ? Pourquoi elle m'a rien dit ?

— Et toi alors ? Tu lui as rien dit non plus ! il rit en me regardant comme si j'étais le cas le plus désespéré de la planète.

— Tu sais comment je suis...

— Ouais, je sais, mais bon, il est temps de changer, de dépasser tes limites !

— Dépasser mes limites...

Je crois que c'est à ce moment là que le déclic s'est produit : J'étais mal dans ma peau à cause de Père, non, à cause de Maman qui refusait de me parler de lui, du coup je ne savais pas qui j'étais vraiment, et dans ce cas comment aurais-je pu avancer dans la vie ?

« Changer, dépasser tes limites » ce sont les mots de Sébastien, la limite était dans ma tête, dans ce secret que je portais à bras le corps depuis l'enfance, et l'unique moyen de dépasser cette limite était de passer par-dessus : Par-dessus maman.

Je tentais une dernière fois de l'affronter en combat singulier, elle cuisinait en chantonnant quand je rentrai dans la pièce :

— Bonjour chéri, tu vas bien ? me dit-elle en me donnant son sourire gentil.

— Comme toujours, je suis censé toujours aller bien...

— Qu'est-ce qui t'arrive, une mauvaise journée ?

— Je veux que tu me parles de papa, que tu me dises à quoi il ressemble, son métier...

— Tu sais qu'il y a des sujets que je n'aime pas aborder, surtout pendant que je prépare le repas... elle se retourna vers sa casserole, et je ne voyais que son dos et ses cheveux blonds.

— Tu sais c'est pas grave, je n'ai plus besoin de toi !

— Ah bon ?

— Ouais ! Je vais me renseigner par mes propres moyens !

— C'est bien mon chéri. Tiens ! Mets la table, le repas est prêt.

C'est ainsi que cette courte conversation prit fin avant même d'avoir vraiment commencé. À table, tout en avalant mon repas, j'observais maman qui fixait ses petits pois carottes en silence, comme tous les jours.

La mairie ne m'apprit pas grand-chose sur mon père, son nom et prénom ne m'étaient pas inconnus, d'ailleurs j'avais déjà dans le passé vérifié que papa ne résidait pas dans l'un des cimetières de la ville. Ce jour-là, je me fis confirmer sa date de naissance et son lieu de naissance. Détail d'importance, papa était du Sud de la France et était, jusqu'à preuve du contraire, âgé à présent de 47 ans. J'envoyais donc des courriers dans sa ville natale où à mon grand étonnement, il n'y avait aucune trace de lui, comme s'il n'avait jamais existé. Surpris de cette réponse de la mairie, je téléphonais pour être sûr qu'il n'y avait pas eu d'erreur, la secrétaire très aimablement vérifia une seconde fois et m'assura qu'il n'y avait point d'enfant Pierre S. né le dix mai 1950 dans cette ville. Je lui expliquai que la mairie de ma ville avait trace de mon père sur l'acte de mariage de mes parents, et celle-ci m'annonça alors une nouvelle incroyable, mon père avait probablement une fausse identité, il faisait peut-être partie de la légion étrangère !

Mon enquête prit fin ce-jour-là, me heurtant au mur de l'administration. Il en résulta que l'unique personne qui détenait des informations sur mon père, était Maman, retour à la case départ.

A la fin de mes recherches, je me confiais à Sébastien, il croisa ses bras sur son torse musclé et me dit dans un souffle :

— Pour moi, ta mère est une salope !

— C'est ma mère dont tu parles ! dis-je choqué.

— Et alors ? C'est dégueulasse ce qu'elle te fait, tu as le droit de connaître l'identité de ton père, merde ! C'est vrai non ?

— Elle se tait peut-être pour mon bien...

— Ah ouais ? T'as pas l'air bien je trouve...

— Elle veut me protéger, enfin je suppose...

— Et que vas-tu faire maintenant, tu renonces ?

— Y'a rien d'autre à faire.

— Sors-lui le grand jeu, tu n'as qu'à la menacer de faire une fugue !

— J'irai où gros malin ?

— Chez moi ! Je demanderai à mes parents, trop cool non ?

— T'es dingue...

— Ça vaut le coup d'essayer ! Qui sait ? Elle va peut-être craquer et tout te dire ? Tu crois qu'elle peut craquer ?

— Elle est toujours si calme, je ne l'ai jamais vu s'énerver, rien ne semble l'atteindre...

— Il y a un début à tout.

Faire craquer maman, c'était l'idée de départ, au final celui qui a craqué c'est moi, je n'ai pas le calme de maman, oh ! Que non...

Les vacances de Pâques, le moment que j'avais choisi pour mettre les pieds dans le plat. Je me mis en colère pour la première fois de mon existence.

— Je vais me barrer si tu ne me dis rien ! hurlais-je.

— Et où vas-tu aller mon chéri ?

— Chez Sébastien !

— Et ses parents ? Cela va peut-être les déranger que tu viennes t'installer chez eux, tu ne crois pas ?

— Change pas de sujet !

— Tu vas me manquer...

— Qui est-il ?

— Vivre seule ce doit être difficile...

— Je connais déjà son nom, son année de naissance et...

— Tu as toujours été un gentil garçon, depuis tout petit...

— Il est mort ? C'est ça hein ?

— Remarque j'ai toujours été gentille avec toi...

— Réponds-moi nom d'un chien !

— J'ai fait du mieux que j'ai pu pour le remplacer...

— Tu ne l'as pas remplacé !

— C'est pas de ma faute, il avait perdu la tête...

— Quoi ?

— Partir, tout le monde veut partir dans cette famille...

— Où est-il parti ?

— Qui ?

— Mais papa ! j'avais les yeux écarquillés, maman était calme mais elle avait l'air d'être ailleurs.

Elle pointa son doigt puis son bras tout entier, vers le plafond. Je suivais du regard son bras dressé, perplexe.

— Il allait partir pour toujours qu'il a dit, que je ne pourrai plus le retrouver avec sa fausse identité, il riait, il m'a dit que j'étais idiote si j'avais cru qu'un enfant ferait une différence, qu'il m'avait épousé sur un coup de tête, sans réfléchir...

— Mais... j'étais debout, tout mon corps secoué de tremblements.

— Je ne voulais pas faire ça mais son arme était dans ma main et le coup est parti ...

— Mais personne ne l'a cherché ? Personne ne t'a interrogé sur sa disparition, dis-je horrifié.

— Si, ils sont venus, je suis restée très calme, et je leur ai répondu gentiment qu'il nous avait abandonné, tous les deux. Ils l'ont déclaré déserteur et depuis plus rien.

— Tout ce que je voulais, dis-je en sanglotant, c'était connaître mon père, savoir quelle tête il avait, voir si je lui ressemblais !

— Tu as tout gâché, je t'avais dit de ne pas chercher à savoir, tu ne m'as pas écouté tant pis pour toi et si tu veux savoir la tête qu'il avait ton père tu n'as qu'à grimper là-haut, au grenier... Mais vas-y, VAS-Y ! ah...Tu m'as saoulé avec tes questions toutes ces années alors maintenant vas voir ! elle pointa une nouvelle fois son doigt vers le plafond, ébaucha un sourire étrange.

Je grimpais l'escalier qui menait aux étages à pas lents, et devant la porte du grenier, j'entendis le rire fou de ma gentille maman, maman qui sentait bon dans le cou... Je n'étais jamais entré au grenier à cause des araignées et des fantômes dont maman m'avait si souvent parlé... Ma main tremblotante appuya sur la poignée, la porte s'ouvrit doucement en grinçant, il faisait sombre, en tâtonnant sur le mur, je dénichai l'interrupteur, une lumière blafarde envahit le grenier. Au fond de la pièce, il y avait de nombreux cartons et des valises empoussiérées. Je m'avançai vers eux, me mis à genoux, et ouvris un à un chaque carton : De vieux vêtements d'homme de grande taille, un uniforme sale, des cartons de journaux, des chaussures jetées pêle-mêle avec de vieux livres humides.

À la recherche des photos de mon père. L'odeur de poussière et de moisis était suffocante, j'allais abandonner lorsque je vis un carton enrubanné de scotch sur toute sa surface, je le déchirai, il y avait sans nul doute quelque chose d'important à l'intérieur, quelque chose que maman avait voulu dissimuler avec énormément de soin... Un hurlement retentit et résonna dans toute la maison. J'entendis ma propre voix. Je venais de découvrir à l'intérieur d'un grand bocal emmitouflé dans un torchon de cuisine, la tête de mon père qui flottait dans un liquide jaunâtre ! Coupée à la base du cou, la tête de mon père n'était pas belle à voir...

Quelques jours plus tard, je rencontrais Sébastien au club de foot, il m'attira dans un coin et me demanda :

— Alors du neuf à propos de ton père ?

— Laisse tomber, je ne veux plus rien savoir de ces secrets de famille...

— Comme tu veux mon vieux, on va jouer ?

— OK !

Comment aurais-je pu parler de la tête de mon père à Sébastien ? Même s'il était mon meilleur ami, il en aurait conclu que ma mère était folle, une meurtrière qui avait décapité son époux dans accès de rage, et avait gardé jalousement un morceau de lui dans un bocal au fin fond de son grenier.

Tout ceci signifie que désormais nous sommes deux à garder le secret, moi et ma gentille Maman.

Il n'y a qu'une chose de positive qui est sortie de toute cette quête, je ne ressemble pas à papa, Dieu merci.

LE MEILLEUR TONNEAU

Il était beaucoup plus grand que je ne me l'étais imaginé, plus grand et plus jeune. L'homme hirsute me donna une poignée de main franche, maculée de couleurs : J'avais interrompu le peintre en plein travail.

Mon imperméable dégoulinait, j'avais l'air minable mais j'étais heureux d'être le premier à pénétrer le mystère de Bill Barrel.

Mon magazine m'avait dépêché sur place pour écrire un papier sur cet artiste qui n'avait jamais jusqu'à ce jour accordé d'interview. Les seules informations qui avaient filtré sur Barrel, provenaient de son agent, probablement orchestrées par Barrel lui-même.

Dés mon entrée dans son atelier, je fus saisi par les relents de peinture, de térébenthine et de bière... Canettes de bière amoncelées près d'un gigantesque chevalet au centre de la pièce.

Bill déambula au milieu de celle-ci, évitant les tubes de peinture qui jonchaient le sol, les bidons d'essence, et les pots où des pinceaux trempaient probablement depuis des mois. Il se retourna vers moi :

— Sacré bordel, hein ? C'est ça les artistes, nous sommes dans un autre monde... L'ordre n'existe que dans nos têtes, sauf exception, il pointa du doigt les canettes en me souriant.

Il reprit sérieux :

— Je vous laisse vous imprégner des lieux. Cet atelier me ressemble tellement que ça nous fera gagner du temps sur certaines questions, enfin j'espère...

J'entendais l'orage faire des siennes ; par la baie vitrée les éclairs bleutés envahissaient l'atelier qui faisait une soixantaine de mètres carrés. Les murs étaient barbouillés de couleurs à certains endroits, à d'autres, des toiles de Barrel. étaient accrochées. Au fond de la salle, un rideau de velours rouge était suspendu sur une corde traversant la pièce en largeur. Enfin, au centre, le chevalet et une toile en train de prendre vie.

Le peintre s'était assis sur un tabouret face à son tableau, immobile et concentré, mâchouillant un pinceau mouillé de rouge intense.

Je furetais tout en prenant des notes, et remarquais sur une table à dessin, des esquisses et des études de très belle facture. Sur les étagères, s'entremêlaient palettes, brosses, couteaux, godets, bref, tout le nécessaire de l'artiste en pleine création. L'ordre n'était pas son fort, pourtant dans son œuvre tout était si maîtrisé : Sa façon d'orchestrer les couleurs, les tons francs, la distribution des lumières, la répartition des volumes, sa manière si brutale d'accuser les traits. Mais par-dessus tout, Barrel, c'était le sens qui émanait de chacune de ses toiles. Ces dernières années, Bill Barrel avait atteint le sommet de son art (tous les critiques s'accordaient sur ce point) alors que cinq ans auparavant il n'était encore qu'un inconnu. Il travaillait depuis ses débuts avec des modèles, et avec un seul et unique sujet depuis cinq ans, un homme dont on ne savait rien, même pas son nom. Avec lui, Bill Barrel avait mélangé le figuratif et l'abstrait, et osait même jusqu'à faire de sa peinture abstraite, le figuratif qu'aucun n'avait réussi à saisir dans une toile, en peignant l'essence même de son modèle.

Pour l'essentiel, ces notions de Bill me venaient de mes lectures des critiques et des visites dans les galeries où il exposait. J'étais là aujourd'hui pour me faire ma propre opinion en confrontant ces théories avec les réponses de l'artiste.

Quand il me présenta sa dernière œuvre, je restai silencieux, étudiant chaque couche épaisse de bleu, de rouge, les traits furieux de noirs qui zébraient la toile et surtout l'homme représenté au milieu de ces enchevêtrements.

— Vous voulez une bière ? me demanda-t-il.

— Pourquoi pas ! dis-je en m'approchant de lui.

Il me tendit une canette, puis tournant autour de moi, il me dit :

— Vous n'avez jamais pensé poser ? Il me détaillait de la tête aux pieds, vous avez un physique pas banal, aérien, altéré...

Mal à l'aise devant son regard qui soupesait ma valeur picturale, je lui répondis :

— Moi ? Non, j'avoue que cette idée ne m'a jamais traversé l'esprit. Je préfère en rester à dépeindre mes contemporains dans mes articles, c'est plus prudent que de me découvrir sur une toile.

— Plus prudent, oui sûrement...

— Voulez-vous que l'on commence cette interview ? dis-je en m'écartant de lui.

— Oui, je suppose qu'il faut, il tripota son pinceau nerveusement, je peux peindre en même temps ?

— Sans problème. Pourquoi avoir accepté cette entrevue après des années de silence ?

— Marre de lire des conneries sur mon compte. Fallait remettre les pendules à l'heure, il est plus que temps...

— Mais je ne comprends pas pourquoi aujourd'hui ? Mon journal vous a relancé plusieurs fois et vous n'avez jamais accepté d'interview, ni de mon journal, ni d'aucun autre d'ailleurs...

— Et alors ? C'est mon droit, non ? Je déteste parler de moi, mes peintures se vendaient sans interview, pourquoi aurai-je parlé ?

— Pour expliquer votre art, vos motivations...

— Mon art ne s'explique pas, il se ressent !

— Oui, mais alors pourquoi suis-je ici ?

— Pour me libérer, me sauver peut-être... Quelque chose a changé, aujourd'hui j'ai besoin de parler. Mon art devient trop lourd à porter seul.

— Et qui vous dit que mon article répondra à vos attentes ? dis-je effrontément.

— Ce sera le cas, croyez-moi... La vérité va vous permettre d'écrire un article sur moi digne de ce nom !

— Quelle vérité ? demandai-je intrigué.

— Ma vérité ! La vérité de mon art, celle que je vais vous offrir gracieusement sur un plateau ! Santé ! et il leva sa canette dans ma direction.

Brusquement, il posa sa bière sur le sol, fonça vers le fonds de la pièce, écarta brusquement le drap, me révélant ce qu'il dissimulait :

Un homme, un modèle, à demi allongé sur un tonneau ou une barrique en bois, je ne saurai dire, la lumière avait baissée à cause de l'orage dehors... Son corps épousait la courbure du tonneau dans une attitude protectrice, son bras droit recouvrait son visage le dissimulant à mon regard, et sa main enserrait l'arrière de son crâne...

La mise en scène me dérangea, je la trouvai macabre : Était-ce la faible luminosité, la pose du modèle ou le drap blanc qui enveloppait le bassin de l'homme ? Que dire ? Cette scène était étrange, voilà tout.

Le peintre revint vers son chevalet et soupira :

— J'aimerai tant en finir avec cette toile ! La regarder me fatigue, m'épuise, me tue...

Il parut véritablement abattu par cette vision, et je lui rétorquai :

— Pourquoi vouloir la peindre dans ce cas ?

— Je ne peux m'en empêcher.

— Bonjour ! lançai-je à l'adresse du modèle.

— Il doit rester silencieux, pour garder la pose.

— Est-ce votre modèle fétiche ?

— Oui. Je travaille avec lui depuis cinq ans. C'est long cinq ans et cependant, je ne me lasse pas de le peindre, je suis comme fasciné par la perfection qui se dégage de lui, de son immuable nature...

Les artistes sont tous dingues par définition, et c'est leur fonction sociale que d'essaimer un peu de folie sur le monde réel dont moi, pauvre journaliste, je fais partie, néanmoins je me mis à penser que Bill était plus fou que dingue. Ce n'est pas très clair tel que je le dis, mais mon corps eut cette sensation glacée que l'artiste auprès de moi avait basculé dans cet autre chose dont personne ne revient.

— Il n'a pas froid dans cette tenue ? dis-je pour plaisanter.

— Jamais !

Il balayait sa toile de manière saccadée, avec du jaune, puis du noir, aplatissant les couches à coups de couteau furieux.

— Je peux m'approcher ? J'aimerai étudier de plus près sa pose...

— Restez ici ! M'ordonna Barrel, vous êtes très bien là où vous êtes !

— Comme vous voulez... Cet homme est en quelque sorte votre muse ?

— Oui, mon inspiration vient de lui. Il est mon idéal. Voulez-vous poser à côté de lui ?

— Non, je risquerai de dénaturer votre œuvre, dis-je mal à l'aise sans savoir pourquoi.

Je bus la fin de ma bière, ma gorge serrée, secouée par un battement fort et régulier : bada baboum... bada baboum... bada baboum... qui s'accélérait peu à peu.

— Dénaturer ? Je ne crois pas... Je trouve au contraire que vous auriez un effet contrastant : Le mouvement, la chaleur, la vie qui s'écoule vers...

— Votre modèle n'a-t-il pas besoin d'une pause ?

— Non.

— Qui est-il ?

— Un SDF, dit-il tandis que je prenais des notes sur mon carnet.

— Où vous êtes-vous rencontrés ?

— Dans la rue. Il vivait dans un tonneau près du parc central. J'ai toujours bien payé mes modèles, il a été séduit par l'argent, au début du moins. Les clochards espèrent laisser une trace d'eux sur cette terre. Une trace picturale, c'est encore mieux. Devenir une œuvre d'art, recommencer à exister parmi les hommes. Dans son tonneau, Victor n'avait plus droit à un regard de ses contemporains, et regardez-le maintenant ! Le même tonneau, le même Victor, sur une toile : Il est l'œuvre à lui tout seul ! C'est ce qui l'a poussé à continuer, à aller plus loin dans mon art...

— L'idée est touchante, redonner du sens à l'humain, c'est ça ?

— Vous parlez si bien monsieur le journaliste !

Son regard me pénétrait, il inspira profondément, aspirant une partie de mon âme, la tirant vers le fond ; mais vers le fond de quoi ? Je reculais légèrement pour reprendre ce souffle qu'il m'avait volé durant quelques secondes.

Voulez-vous poser pour moi ? Voulez-vous poser pour moi ?

Je m'éloignai, chancelai, j'entendis un tube de couleur s'écraser sous ma chaussure.

— Victor s'est attaché à cette place que je lui ai donnée, au point qu'il ne la quittera plus...

— Que voulez-vous dire ?

— Avec la première toile de Victor, est venu le succès. Je me suis mis à peindre Victor le jour, la nuit, sans discontinuer, encore et encore, et j'ai commencé à exister aux yeux des autres. Mon art prenait du sens, j'avais un sens, et Victor faisait partie de cette alliance magique. Il était cette magie ! Et puis, il est mort, là, au milieu de l'atelier, en pleine pose il y a deux ans... Il se retourna et me fixa, j'étais figé de stupeur :

— Mort !

— Thanatopraxie !

Ses yeux rayonnaient tandis qu'il contemplait le modèle.

— Quoi ?

— Je l'ai embaumé.

Il souriait à présent.

— Em... baumé ? Pourquoi ?

Scellés au sol, mes pieds refusaient de bouger, pourtant je n'avais qu'une envie, celle de déguerpir !

— Pour qu'il reste avec moi ! s'emporta-t-il soudain, je ne peux plus me passer de lui, sans lui, je ne suis plus rien ! Mon art n'est plus rien, vous comprenez ? Il s'approcha du corps, effleurant la peau sans vie. Personne n'aurait réclamé son corps, il était seul, alors je l'ai préparé à ma façon, enduit de résine, et j'ai composé cette œuvre... Je conserve son corps dans cet état de grâce, il est magnifique pour l'éternité, comme mes peintures...

Voulez-vous poser pour moi ? Voulez-vous poser pour moi ?

— Mais regardez-le, regardez-le ! Vous ne voyez donc pas ?

Barrel poussa le fût dans ma direction, le cadavre y était accroché comme un naufragé, et le tonneau commença à rouler, à glisser, vers moi.

Voulez-vous poser...

Je me suis rué vers la porte, poursuivi par le roulement du tonneau, et à l'heure qu'il est, enfermé dans mon bureau, avec cette canette de bière que Bill Barrel.m'a offerte, encore serrée dans une main, et mon stylo dans l'autre, je vous écris pour vous dire que j'entends encore le tonneau qui rampe vers moi...

Isabelle Bouvier sur le web :

Mon avis t'intéresse
http://monavistinteresse.blogspot.fr
L'œil du Iboux
http://iboux.blogspot.com
Les E-books de Iboux
http://isabellebouvier.com

Du même auteur :

Aux Editions La Bourdonnaye
Collection Pulp la série :
« Meurtres low cost »
[Ebook]
[Broché disponible en librairie]

Carnet de voyage d'un mort débutant
(Roman)
[Ebook] - [Broché]

Rencontres absurdes avec la mort
(Nouvelles)
[Ebook] - [Broché]